双葉文庫

螢草

葉室麟

一

十六歳の菜々《なな》には寝坊する癖があった。

風早《かざはや》家に女中として入った日の翌朝、さっそく寝坊して女中部屋からあわてて飛び出した。朝の日はすでに高く、日差しが明るかった。

女中部屋は屋敷の西の端にあり、縁側に面していた。急ぎ足で台所に入ると、すでに奥方様である佐知《さち》が朝餉《あさげ》の支度をしていた。

菜々は口もとを引き締め、台所に続く板の間に手をつかえて、

「申しわけございません」

と泣きそうになりながら頭を下げた。まな板で包丁を使っていた佐知は、振り

向いて微笑《ほほえ》んだ。

「御汁《おつけ》が煮たってしまいそうです。火を落としてください」

菜々はあわてて土間に下り、竈《かまど》の火を消して赤くおこった炭を〈火消つぼ〉に入れた。佐知はすでに飯を炊き上げ、干魚《ひざかな》を五人分の箱膳に用意している。

菜々が味噌汁の鍋を持っていこうとすると、佐知は背を向けたまま、

「足をふいて上《お》がるのですよ」

とやさしく命じた。菜々ははっとして足もとを見た。あせって裸足のまま土間に下りていたのだ。鍋を竈に戻し、そそくさと雑巾で足をふいてから、下駄を履いた。あらためて鍋を取った時、ふと自分の下駄が土間の片隅に置いてあるのが目に入った。すると、いま自分が履いている下駄は、と下を見た。

――奥方様の下駄だ

菜々は危うく手にした鍋を落としそうになったが、かろうじて持ちこたえ、板敷に置いた。それを待っていたように佐知が声をかけた。

「旦那様は中庭にいらっしゃいますから、お呼びしてください。子供たちはわたくしが連れて参りますから」

そして、下駄は履き替えてくださいね、と笑みを浮かべて言い足した。佐知が

奥へ向かうと、菜々は急いで下駄を脱ぎ、雑巾できれいにぬぐった。下駄に汚れがないか確かめてからほっとして、自分の下駄に履き替えた。

佐知の下駄と比べて歯がすり減った汚い下駄なのに、どうして間違えたのだろう、と頭をひねりながら、台所の戸口を出て、中庭へまわった。

風早家は百五十石取りの家柄で、他の大部分の藩なら中士《ちゅうし》にあたるのだろうが、五万二千石の鏑木藩《かぶらぎ》では上士《じょうし》となる。両親を病で相次いで亡くした風早市之進《いちのしん》は、二十五歳ではあるが風早家の当主であり、二十三歳の妻佐知との間に四歳の嫡男正助《しょうすけ》と三歳の娘とよのふたりの子を生《な》している。五十過ぎの家僕《かぼく》の甚兵衛《じんべえ》は通いで、住み込みは女中の菜々ひとりだけだった。

菜々は世話をしてくれるひとがあって昨日、風早家の女中として奉公にあがった。少し前に住み込んでいた女中が悪ずれしていて、時おり家の物が失せて困っていた佐知は、すれていない初心《うぶ》な女中を探していて菜々を雇うことになったらしい。

緑が濃い季節で中庭の木々の葉が、朝の光に瑞々しく輝いている。市之進は着流しのもろ肌を脱いで、木刀を振るっていた。

昨日、市之進は下城《げじょう》するのが遅くなり、菜々とは、わずかに顔を合わせただけで、奥の部屋に入ってしまった。だから、菜々は市之進の声を聞いていなかった。中庭で木刀を振る鍛錬は、市之進にとって毎朝の日課だと佐知から聞いていた。

静かな太刀筋でありながら、木刀が風を切る音の鋭さに菜々は目を丸くした。市之進は細面で痩せぎすな体つきをしていて、武張った様子は見えないのに、ひきしまった体軀はしなやかで、木刀を振る動きは敏捷《びんしょう》だった。

菜々が思わず見惚《みと》れているうちに、市之進の体に玉の汗が浮かび、きらきらと日に輝いた。菜々は不意に戸惑いを覚え、声をかけることができずうつむいた。

市之進は庭の隅に菜々が立っているのに気づくと、木刀を振る手を止めて振り向いた。手拭で汗をぬぐい、袖を通しながら、

「朝餉の支度ができたのだね」

と声をかけた。菜々は大きくうなずいたが、それではいけないと気づいて、

「はい、さようでございます」

と声を大きくして答えた。庭に響き渡るような甲高い声だった。いきなり大きな声が出てしまい、菜々はうろたえて顔を赤くした。市之進はくすりと笑って、

「わかった。すぐに、いくから」

と応じた。急に恥ずかしさが込み上げてきた菜々は、下駄の音を立てて小走りに台所へ戻った。台所に続く板の間には、すでに正助ととよが行儀よく箱膳の前に座っていた。

給仕をしようと飯櫃《めしびつ》と味噌汁の鍋のそばに座ると、佐知が、

「あなたの膳はそちらですよ」

と菜々の近くにある箱膳を指し示した。

「いえ、わたしは――」

菜々はあわてて頭《かぶり》を振った。主人一家と女中が共に食膳につくなど、ありえないことだとびっくりして戸惑った。

朝餉の支度をしている時、箱膳がひとつ多いことに気づいてはいたが、誰かが来るものと思って、気に留めていなかった。自分のために膳をととのえてくれていたとは、思いも及ばないことだった。きのうはひとりで夕餉を台所で食べたのだ。

「昨日は旦那様のお帰りが遅くなる日でしたから、夕餉を一緒にはいたしませんでしたが、日頃は、皆でそろって食事をいただきます。これは旦那様がお望みのことなのですよ」

佐知は諭すような口調で言った。言われるままに菜々が膳の前に座ると、多くの武家の主人が畳の間で食事をとるのに、市之進はてらいもなく、台所に続く板の間に入ってきた。

「おはようございます」

子供たちが声をそろえて挨拶するのに、市之進はうなずき返して膳につき、手を合わせて、いただきます、と低い声で言った。

続いて佐知と子供たちが、いただきます、と声を合わせた。菜々もならって小さくつぶやいた。菜々が御飯をよそい、市之進は干魚と味噌汁に漬物という慎ましい朝食を満足げに食べた。

子供たちもおとなしく食事をしていたが、とよが味噌汁の椀に口をつけた時、

――あつい

と声をあげた。味噌汁を煮たたせたからではないか、と気になった菜々が、どうにかしなければと腰を浮かそうとした時、市之進はとよに顔を向けて、

「熱ければ、母上に冷ましていただきなさい」

と穏やかに言った。とよは、父親から声をかけてもらえたのが嬉しかったのか、にこりとしてうなずいた。佐知が椀を持ってふぅと息を吹く様を見ながら、菜々

は胸がつまる気がした。

菜々は幼い時に父を失い、顔はぼんやりとしか思い出せない。食事はいつも母の五月《さつき》とふたりきりでとっていた。

五月は病がちで食も細かったから、菜々はひとりで膳につくことも珍しくはなかった。それが当たり前のことだと思っていたから、さびしくはなかったが、どこか物足りなさを感じていた。家族がそろって膳についているのを見るだけで、胸がほのぼのとしてくるのは、なぜなのだろう、と菜々は思った。


この日、市之進が甚兵衛を供に登城した後、菜々は食事の後片付けや、掃除、洗濯と小まめに立ち働いた。体を動かすのは苦にならなかった。

昼餉は冷えた御飯に野菜の煮つけだけという質素なもので、手間はかからなかった。昼餉の後に、菜々は庭の草むしりをした。

夏の日はぎらぎらと照りつける。暑さを避けるように築地塀《ついじべい》のそばで日陰になっている草を取っていた時、菜々はふと手を止めた。塀の際《きわ》に青い小さな花が咲いている。

「露草《つゆくさ》だ――」

菜々は額の汗をぬぐいながら、うれしくなってつぶやいた。青い花弁が可憐な露草は菜々の好きな花だ。早朝、露が置くころに一番きれいに咲いて、昼過ぎにはしおれてしまうから、摘んだりはしない。見かけた時にじっと眺めるだけだが、それでも幸せな気持ちになってくるから不思議だ。

菜々がなおも腰を下ろして見入っていると、

「その花が好きなのね」

佐知の声がした。菜々ははっとして立ち上がった。

「申し訳ありません、草むしりをしていたのですが、花を見つけて、つい手を止めてしまいました」

菜々が頭を下げて言い訳をすると、佐知はさりげない口調で言った。

「謝ることはありません。きれいな花に目が留まるのは心が豊かな証《あかし》ですから、ゆっくりと見てかまいませんよ」

菜々の傍に腰を屈めた佐知は言葉を継いで、

「露草ですね。この花を万葉集には月草《つきくさ》と記してありますが、俳諧では螢草《ほたるぐさ》と呼ぶそうです」

と教えた。月草や螢草という名の響きに菜々は目を輝かせた。

「螢草……、きれいな呼び名ですね」

深く心を動かされたように菜々が言うと、佐知は微笑んだ。

「そうですね。きれいで、それでいて儚《はかな》げな名です」

「螢草は儚い名なのですか」

佐知の横顔に目を向けながら菜々は不思議そうに言った。夏の夜に青白い光を点滅させる螢のことはきれいだと感じるだけだった。螢草という名を聞いても、螢が止まる草なのだろう、とぼんやりと考えて、ほかに思いつくことはなかった。

「螢はひと夏だけ輝いて生を終えます。だからこそ、けなげで美しいのでしょうが、ひとも同じかもしれませんね」

佐知は感慨深げに言うと、菜々に顔を向けた。

「あなたの立ち居振る舞いを見ていると、武家の折り目正しさを感じます。紹介してくださった方は赤村《あかむら》のお百姓の娘だと教えてくれましたが、武家の血筋なのではありませんか」

佐知に見つめられて菜々はどきりとした。

菜々は、城下に出てくる前まで領内でも南のはずれの山奥にある、赤村に住んでいた。

母の五月は赤村の庄屋を務める半左衛門《はんざえもん》の娘に生まれた。半左衛門たちと母屋で寝食をともにしてもよかったはずだが、五月はなぜか離れで菜々とふたりだけで日々を過ごした。

去年の二月に祖父の半左衛門を、八月に五月を相次いで亡くすと、菜々は赤村に居づらくなった。半左衛門の跡を継いだ叔父の秀平《しゅうへい》は、菜々にやさしく接してくれたが、秀平の妻のお勝《かつ》は五月が頑なにふたりでの暮らしにこだわったことを快く思っておらず、

「五月様は身分がおありだから」

とあてつけた。五月は鏑木藩の藩士安坂長七郎《あさかちょうしちろう》に嫁《か》して菜々を生んだ。長七郎は普請方五十石取りの身分だったが、菜々が三歳の時、城中で刃傷沙汰を起こして、切腹した。

その日、長七郎はお城の二の丸普請場に、いつもと変わらぬ様子で出仕したという。ところが、同役の藩士と口論になり、逆上して刀を抜いたあげく、相手に素手で取り押さえられた。乱心して城中で狼藉を働いたという咎《とが》で家は取り潰され、五月は菜々を抱えて実家へと戻った。五月は実家で肩身を狭くして暮らしつ

つも、安坂家の再興を望んでいたらしく、菜々に読み書きや武家としての行儀作法をしつけた。

「あなたが男子であれば、安坂家を再興できたでしょうに」

五月は悔しげな口振りで何度か漏らしたことがある。さらにある時、

――仇討ちもできたのに
とつぶやいたりもした。母がなぜ、そんなにまで繰り返し言うのか、菜々にはよくわからなかった。

口論した相手はいまも無事にお城勤めをしているのかもしれないが、それ相応の理由があって咎めを受けなかったのだろう、と菜々には思えた。

父が切腹しなければならなかったのは悲しいが、かといって単なる喧嘩の相手を仇討ちするというのも筋が通らぬことではないか。だが、五月は、

「あなたの父上は穏やかで、仮にも喧嘩沙汰で刀を抜くような思慮のないひとではありませんでした。必ず相当のわけがあったはずです」

と言い暮らした。そのためか、菜々はふとしたおりに自分が白装束と鉢巻姿で仇討ちをしている姿を思い浮かべることがあった。

日頃、母はやさしいひとだった。それなのに、仇討ちなどという物騒な話をつ

い漏らしてしまうのは、よほどの口惜《くや》しさを覚えていたからだろうか。娘である自分がその無念を晴らしてやりたいとも思う。仇を討ちさえすれば、安坂の家を再興できると母は思っていたのかもしれない。しかし、女の身で屈強な男を討つのは難しい。そう考えると今度は自分が女であることへの悔しさが込み上げてくるのだった。

菜々が城下に出て武家の屋敷に女中奉公をしようと思ったのには、五月の無念を晴らしたいという心持ちもひそかにあったが、別な理由もあった。

叔父の秀平は息子の宗太郎《そうたろう》と菜々を夫婦《めおと》にしてはどうか、と考えていた。

菜々と従兄《いとこ》の宗太郎は仲が良かった。幼いころからいつも一緒に遊んでいた。男勝りで活発な菜々は、蛇嫌いの宗太郎に捕まえた蛇をいきなり投げつけて泣かせたこともあった。兄妹のように育った宗太郎と夫婦になるなど考えられなかった。何よりお勝が菜々を嫁に迎えることを望んでいなかった。秀平に、

「それだけはやめてくださいね」

と念を押しているのを菜々は聞いたことがあった。それでも頑固な秀平が話を進めれば、煩わしいことになるのは目に見えていた。それで城下に出ようと決心したのだ。渋る秀平に頼んで、城下で女中奉公先を探してもらったが、

「父親のことは誰にも内密にしておかねばならんぞ。さもないと難儀が降りかかるかもしれんからな」

と固く言いつけられていた。父のことはひとに知られてはならない、と日頃から自分にも言い聞かせてきた。しかし父の喧嘩相手だったという藩士の名は、

――轟《とどろき》平九郎《へいくろう》

だと五月から聞いていて、胸に刻み込んでいた。

(どんなひとなのだろう。いつかご城下で見《まみ》えることがあるのだろうか)

赤村を出る時はさすがに心細くなり、母を偲《しの》んで涙が出た。だが、後戻りはできない、昨日、城下に行けば仇と出会うかもしれないと、胸がざわつく思いを抱きながら、風早家の門をくぐったのだった。武家の出だと知られてはいけないと、用心していたのに、佐知に武家の血筋だと見抜かれ、困惑した。

どう答えていいものかと菜々が口ごもると、佐知はそれ以上のことは問わず、空を見上げた。澄み切った青空に入道雲が湧き起こっている。

「きょうも、暑くなりそうですね」

佐知は汗も滲んでいない、涼しげな表情で言った。菜々は佐知をきれいな奥方様だ、と憧れる気持ちで見つめながら、ふと、

（奥方様こそ、儚げだ――）

と思った。なぜ、そんなことを感じたのかわからないが、突然湧いた取り留めのない思いを、菜々はあわてて打ち消した。あまりに佐知が美しいからそんな思いを抱いたのだろうと菜々も空に目を向けた。

蝉の鳴く声が喧《かまびす》しく聞こえてきた。

二

風早家での暮らしに菜々は間もなく慣れることができた。

市之進と佐知はやさしく教え導いてくれ、正助ととよは菜々を恰好の遊び相手と思ったらしく、すぐに親しんでくれた。家僕の甚兵衛も朴訥《ぼくとつ》な人柄で菜々を孫娘のようにかわいがってくれた。菜々自身は何の不満もない日々を送っていたが、鏑木藩は永年、財政が窮乏しており、藩士の禄は半知借上げとなっていて、風早家も暮らしは窮屈だった。

市之進の禄高百五十石は、実際には七十五石に過ぎなかった。藩内ではなまじ上士としての体面を保たねばならないだけに、家計の遣《や》り繰りに佐知は苦労しているようだった。

菜々にそんなことを教えてくれたのは甚兵衛だったが、その都度、

「だけど、旦那様には一生懸命お仕えしなきゃなんねえぞ。旦那様は立派なお方で、いまに藩を背負《しょ》って立ちなさるに違いないとわしは思うとる。いつか御家がよくなるとしたら、それは旦那様のお働きがあってのことだぞ」

と菜々に言い聞かせた。市之進は勘定方に出仕しているが、藩校きっての秀才であり、藩内での輿望《よぼう》も高いのだという。さらに市之進の父親は、短い期間ではあったが執政《しっせい》の座に就いたことがあった。市之進が同じように執政になってもおかしくはないのだ、と甚兵衛は力強く言い添えた。

菜々はそんな甚兵衛の言葉に納得するところがあった。

市之進が城から下がるのはいつも日が暮れてからで、帰宅後も書類などを熱心に見ている。市之進の部屋には書物や書類が堆《うずたか》く積まれており、常に何事か調べ物をしているようであった。勤番のない非番の日など、若い藩士がよく訪ねてきては熱心に話し込んでいる。時に高くなる声を漏れ聞くと、皆が藩のことを一

途に考えているのだ、と察することができた。そんな屋敷内の様子を日々見聞きするにつれ、菜々の胸には市之進への尊敬の念が高まっていった。ある日、炊事をしながら佐知に、

「旦那様はご立派なお方でございますね」

とつい口をすべらしたことがある。すると佐知は、物憂げな表情で、

「それだけに案じられることもあるのですよ」

とつぶやくように言った。どういうことかと訊いてみたかったけれど、訊くのが憚《はばか》られるような気配が佐知にはあった。後で甚兵衛にそれとなく訊いてみると、

「それは、旦那様を妬むひとがいるからということかもしれんな」

と眉根を寄せて答えた。

「妬まれるとはどういうことでしょうか」

「旦那様はいずれ偉くなりなさる。そうなっては困るひとがいなさるのだ」

市之進が出世しては困るのは、どういうひとなのか菜々にはよくわからない。

だが、主人夫婦のために何かできることはないかと考えた菜々は、あることを思いついて佐知に相談した。

「わたし、月に一度、赤村に行きたいと思っているのですが、お許しくださいますでしょうか。野菜を分けてもらおうかと考えているのです」

いきなり、野菜をもらってくると言い出されて、佐知は戸惑った。

「野菜をですか？」

「はい、お米は年貢で厳しいでしょうから無理ですが、野菜なら分けてもらえるかもしれません」

「野菜がいただけるのはありがたいのですが、村の方々のご迷惑になりはしませんか」

佐知が苦笑して言うと、菜々は首を横に振った。

「いえ、わたしが月に一度でも戻れば、親戚は喜ぶと思います」

お勝は嫌な顔をするかもしれないが、秀平や宗太郎は喜んでくれるのではないか。野菜を分けてもらうのも、それほど難しいことではないだろう。そうすることで風早家の役に少しでも立てるのなら、こんな嬉しいことはない、と菜々は思った。

佐知に何度も願って、ようやく月に一度、赤村に戻ることになったのは、秋風が立つころだった。城下から赤村までは三里（約十二キロ）ほどの道のりで、山道を苦にしなければさほど遠いわけではない。菜々はひさしぶりに杉木立の間の細い道をたどって赤村に向かった。

秀平や宗太郎から城下での暮らしをしつこく訊かれたが、生返事だけして、野菜をもらい受けると、さっさと城下への帰り道をたどった。

野菜を入れた籠を背に負って山道を下り、街道に出た。松並木の街道は武士や商人の旅人が行き交っていたが、籠をかついだ百姓の娘に目を留める者はいない。

菜々は日が暮れる前に屋敷に戻りたいと先を急いでいたが、ふと松の根もとにひとがうずくまっているのに気づいた。

行き倒れだろうか、と気になって近づいてみた。

松の幹を背に、がくりと首をたれているのは、旅の浪人者だった。浅黒く日に焼け、無精ひげを生やしているが、眉は太くて鼻が高い、顎の張った男らしい顔つきをしている。鉄鍔《てつつば》で鞘も頑丈そうな無骨な造りの大刀を肩にもたせかけていた。

「もし、どこかお具合が悪いのですか」

菜々は恐る恐る声をかけた。浪人者はうっすらと目を開けた。のぞきこんでいるのが、野菜籠をかついだ娘だとわかると、がっかりしたようにため息をついた。

「恥ずかしながら路銀に事欠き、三日ほど、何も食べておらん。空腹で足に力が入らず、歩けんのだ」

腹が減りすぎて力がないわりには、きちんと話をしたのは、思い直して食べ物をめぐんでもらおうと期待したからのようだ。

菜々は浪人者をためつすがめつ眺めた。着物も袴も埃に薄汚れて、もとは茶色だったのだろうが、いまは鼠色にしか見えない。食事ができないほどだから、旅籠《はたご》にも泊まれず、風呂にも入っていないらしく、垢染《あかじ》みているうえに、汗臭かった。

関わりを持たずに立ち去ろうかと思ったが、うっすらと目を開けてとろんと菜々を見ている浪人者の目は、赤村の庄屋屋敷で飼っている牛を思わせた。どことなく人がよさそうにも思えるし、何より大のおとなが空腹で倒れているのは憐れだった。

菜々は背中の籠を下ろして、中から大根を取り出して、浪人者の前に差し出した。

「よかったら、これを食べて元気を出してください」

すぐにかぶりつくかと思ったが、浪人はゆっくりと頭を振った。

「おお、すまんな。大根は途中の畑で食してみたのだが、空《す》きっ腹《ばら》だったせいか腹下しをしてしもうた。他には何かないか」

浪人は贅沢《ぜいたく》なことを言った。しかも、途中の畑で食したとは、大根泥棒をしたと自ら白状しているようなものだ。菜々があきれた目で見つめるのを気にする様子もなく、浪人はごくりと唾を飲み込んで道の先を指差した。差した先には旅人相手の茶店があって、〈だんご〉と書かれたのぼりが立っている。

「だんごならば、腹にたまって力が出ると思うのだ」

「だんごですか?」

図々しいにもほどがある。だんごは一本、四文はするだろうに、お金なんか持ち合わせていないし、どうしたものだろうか、と思った時、菜々は万一の用心にと帯に縫い込んでおいたお金があることを思い出した。

亡くなる前、五月は嫁入りの支度金にと、菜々に二十両を遺していた。大半は秀平に預かってもらっているが、少しだけ小分けにして帯に隠している。思わず帯を押さえてしまったが、その動きを浪人は見逃さなかった。うう、とわざとらしいうめき声を上げて、さも苦しげに憐れなかすれ声を出した。

「わしは鏑木藩に仕官の口があると聞いて、はるばるやってきたのだ。それなのに、後一歩のところで腹が減って路傍に倒れるとは無念なり。城下にたどり着きさえすれば、仕官がかなうものを――」

目の端に涙をためている。泣き真似をしているのではないだろうか。それに、大根泥棒をするような武士が召し抱えてもらえるはずはないし、と菜々は冷静に考えたものの、涙を見せられると、情にほだされて、つい、

「おだんご、食べますか？」

としぶしぶ訊くと、浪人は喜色を浮かべてよろよろと立ち上がった。いままで死にそうにしていたのが嘘のように、さっさと菜々の袖を引っ張って茶店へ向かった。

足取りは力強くなっていたから、菜々はだまされたんじゃないか、という気がした。その思いは、浪人が茶店に入り、矢継ぎ早にだんごを注文して食べ始めると一層、強くなった。

菜々が止める間もないうちに、浪人はだんごを二十皿食べていた。一皿に三本のだんごが載っていたから、あっという間に六十本のだんごを平らげたのだ。

菜々は呆れ返って、満足そうに腹をさすりながら茶を飲んでいる浪人の顔を見

つめた。頭の中で、一本四文のだんごが三本で一皿、それを二十皿だから二百四十文だ、と勘定して気が遠くなる思いだった。

茶を飲み終えた浪人は満腹しておくびが出そうになる口を押さえて機嫌よく、

「いや、馳走になった。拙者は防州《ぼうしゅう》の出で壇浦五兵衛《だんのうらごへえ》と申す。このたび、鏑木藩では新たに剣術指南役を召し抱えるという話を聞きましてな。拙者、こう見えても柳生新陰流《やぎゅうしんかげ》免許皆伝であるゆえ、必ずやお召し抱えいただけると存ずる。そのおりには、たっぷりと礼をするつもりでおる」

と言って大声で笑った。菜々は壇浦五兵衛と名のる浪人の話など耳に入っていなかった。

五兵衛がこれ以上食べないうちにと、あわてて茶店の婆さんに勘定を払った。婆さんも五兵衛の食べっぷりには驚いたらしく、

「それにしても、こげんによか食べっぷりのひとは初めて見たよ。きょうは早仕舞いができそうだ」

とつぶやいた。それを聞いて菜々は、これ以上五兵衛に関わってはいられない、と思った。五兵衛はなおも、

「仕官したら、礼をしたいゆえ、どこの家の娘か教えてくれ」

としつこく訊いてくるが、菜々は、お屋敷にまで押しかけられてはたまらない、と思い、

「いいえ、お礼は結構です。〈だんご兵衛〉さん、早くご城下へ行かれた方がいいですよ」

と言った。

〈だんご兵衛〉と呼びかけられて、五兵衛は首をかしげた。菜々は別にあてこすったわけではなかったが、勘定を心配しながら五兵衛の名を聞き流したため、壇浦五兵衛を〈だんご兵衛〉と思いこんでしまったのだ。

菜々はぺこりと頭を下げて踵《きびす》を返した。その背に向けて五兵衛は、

「娘御、わしの名は〈だんご兵衛〉ではない。壇浦五兵衛である。間違えてはならぬぞ。これ――」

と呼びかけたが、足早に立ち去る菜々の耳には届かなかった。

菜々が赤村から持ち帰った野菜を、佐知は大層喜んでくれた。その夜の食膳には大根や豆の煮つけ、菜のお浸しが上って、正助ととよもおいしそうに食べた。

市之進の帰りは、この日も遅くになった。夜が更けて戻った市之進は、佐知の

給仕で、居間でひとりだけで食事をし、その後書類を見たりしていたので、野菜を喜んでくれたかどうかわからないのが残念だった。それでもしばらく経った日の朝餉のおりに市之進が、

「この茄子《なす》は赤村のものかな」

と何気なく口に出してくれた時は嬉しかった。

「さようでございます。菜々が骨折って持ち帰ってくれたものにございます」

佐知が言い添えてくれて、菜々は誇らしさで胸がいっぱいになった。市之進は、ほう、そうか、とうなずいてひと言、

「うまいな」

と言った。その言葉を聞いた菜々は、これからも赤村に通って野菜をもらってこよう、と心に決めた。とたんに赤村からの帰りに出会った浪人のことを思い出した。

〈だんご兵衛〉さんは、剣術指南役になるなどと言っていたけど、どうなったのだろう)

考えると同時に、思わず、

「近ごろ、剣術のご指南役で召し抱えられた方がいらっしゃると聞いております

が、まことでございましょうか」

と口にしていた。市之進は驚いたような目を菜々に向けた。

「さようなことをよく知っているな。誰に聞いたのだね」

菜々ははっとして、頭を下げた。

「いらぬことを申しました。赤村からの帰り道で、ひとが話しているのを聞いたものですから」

「なるほど、城下でも噂になっておったか」

市之進は気にする様子もなく、

「たしかに、近頃、召し抱えられた者がいる」

と話した。

「当藩ではいま、半知借上げが行われておるゆえ、新たな指南役を召し抱えることに難色を示される方もいたのだが、これまで剣術指南役を務めてこられた相沢《あいざわ》武兵衛《ぶへえ》殿が高齢で亡くなられ、しかも跡継ぎが無かったため、九十石が浮いた形になっておった。そこへ四十石の禄でも仕えたいという方がおられたのだ。壇浦五兵衛という柳生新陰流の免許皆伝の御仁だ」

〈だんご兵衛〉さんは召し抱えてもらえたのだ、と菜々は驚いた。何より仕官話が満更嘘ではなかったことにびっくりした。

市之進はさらに話を続けた。

「家中《かちゅう》には、壇浦殿の腕を見てからにしてはどうかという意見が強かった。それで、このほど壇浦殿を招いて城中で腕の立つ者と立ち合ってもらった」

「召し抱えられた方は、大丈夫だったのでしょうか」

菜々の口から思わず知らず、案じる言葉が出た。あんなに腹を空かせてふらふらしていた〈だんご兵衛〉に、剣術の試合ができたとはとうてい思えなかった。

だが、市之進は微笑して続けた。

「いや、壇浦殿はまことに見事だった。十人の者と立ち合ったのだが、十人とも壇浦殿の竹刀にふれることさえできなかった。いずれもひと打ちで退けられたのだ」

試合場に出てきた時、五兵衛は白襷《しろだすき》をかけただけの簡単な出で立ちで、竹刀を携えていた。試合相手に選ばれた十人は、藩内の剣術試合で名をあげた若者ばかりだった。五兵衛が無精ひげを生やした薄汚れた浪人であるのを見て、若者たちはひそかに侮《あなど》った。

最初に立ち合った者は気合をかけると同時に、いきなり大上段に振りかぶって打ちかかった。五兵衛の体がゆらりと揺れたと見えた時、若者の竹刀は空を切っていた。かっとなって再び打ちかかった瞬間、若者は胴を打たれて転倒していた。五兵衛は何事もなかったかのような物腰で、次の相手をうながした。続いて立った若者は慎重に構えたが、五兵衛は無造作に前に出てきた。気圧《けお》されるように後ろに下がると、後がなくなった。

やむをえず打ちかかると、あっさり小手を打たれて竹刀を取り落した。三番目の若者はいきなり体当たりを仕掛けたが、五兵衛の体に触れることもなく大きく宙を飛んで投げ飛ばされていた。続いて立ち合った者たちも竹刀が空を切り、五兵衛に打ち据えられるばかりだった。

「中庭で行われた試合を殿もご覧になられたのだが、壇浦殿が相手を打ち据える竹刀の音だけが響き渡っておった」

市之進は感嘆したような口ぶりで言った。佐知も、

「さように強い方をお召し抱えになり、ようございました」

と微笑んだ。それにうなずいて応えつつ、市之進は付け加えた。

「壇浦殿は試合のおりも、挙措《きょそ》が落ち着いておられ、まことに風格があった。その後、お話をうかがう機会があったのだが、諸国をめぐって剣術修行をなされた

そうで、見識があり、お人柄も練れている。まことに得難い人材を迎えたとわたしも思っている」

市之進の嬉しげな顔を見ながら、菜々は首をかしげた。だんごを六十本も平らげたうえに、ひょっとしたら大根泥棒もしていたかもしれない〈だんご兵衛〉は、市之進が感心するような人物なのだろうか。

世の中にはわからないことがあると思いながら、菜々は胡瓜の糠漬《ぬかづけ》を食べるのだった。

三

「正助坊っちゃま、どちらにおられますか」

近頃では、昼餉の前に正助ととよを捜すのが菜々の日課のようになっていた。

食事の支度ができて、ふたりを呼びにいくと、必ずどこかに隠れているのだ。

押入れの中や縁の下、納戸などに隠れていて、菜々が捜しあぐねて、

「正助坊っちゃま、降参です。出てきてください」

と言うと、ふたりは思いがけないところから、きゃっきゃっと笑い声を立てながら出てくるのだ。時々、佐知が、

「菜々を困らせてはいけませんよ」

と叱っても、ふたりは平気でどこ吹く風と菜々を遊び相手にしていた。菜々にとってもくたびれはするが楽しい遊びだった。

菜々は家事を懸命にこなした後、佐知から裁縫を教わり、手習いを見てもらうのが楽しみだった。佐知は、時に厳しい姉であるかのように、菜々を教えた。風早家に来てから、菜々はいろいろなことが身についていくのがわかって嬉しかった。そんな暮らしの中で少し気にかかるのは、佐知が時おり軽い咳をすることだった。

菜々はその咳に聞き覚えがあった。

生前、母の五月も同じように咳き込むことがあったのだ。そんなおり、菜々は五月の背をさすったり、水を飲ませたりして介抱した。五月は医者に診《み》てもらい、薬を煎じて飲んでいたのだが、結局、よくなることはなかった。

五月の病が労咳《ろうがい》だったと知ったのは、亡くなってからのことだった。五月が半

左衛門たちと寝食をともにせず、離れで菜々にひとりで膳に向かわせていたのは、そのためだったのかとわかった。五月の気遣いがせつなく思えた。だから、佐知の呟き込む声を聞いた時、菜々は胸が締め付けられる思いで辛くなった。

（まさか、奥方様に限ってそんなことがあるはずない――）

そう思いながらも、菜々は不安を消せないでいた。いままでより一層身を入れて働いて、赤村から精がつく野菜をいっぱいもらってこようと思った。

ほかにも気になるところがあった。時おり風早家に、田所《たどころ》与六《よろく》と滝《たき》という夫婦が訪ねてくるのだ。与六は市之進の父嘉右衛門《かえもん》の弟で御蔵番《おくらばん》の田所家の養子となっていた。

市之進にとっては叔父にあたるが、嘉右衛門の没後、何かとうるさく風早家に口を挿んでくる。田所家は六十石の家禄で、甚兵衛の話では、兄の嘉右衛門にたびたび金の無心をしていたらしい。

「先代の大旦那様はおやさしいお方で、そのたびに都合しておられたのに、田所様は大旦那様が亡くなられると、口をぬぐって拝借したお金のことには知らぬ振りをしておられる」

それどころか、市之進に対して、あからさまに親戚風を吹かせ、特に実家が三十五石の下士である佐知に対しては、きつく当たることが多いという。甚兵衛からそんな話を聞いた菜々は、佐知のために腹を立てた。

実際、田所夫婦は法事などにかこつけて訪れては、酒食のもてなしをあけすけに求める。風早家も家計が楽ではないのだが、親戚だけに拒むこともできなかった。

与六はすでに五十歳を過ぎているが、小太りで酒好きらしく赤ら顔をしている。滝は痩せて牛蒡《ごぼう》のように色黒で、目がぎょろりと大きかった。ふたりが急に訪れても、佐知は嫌な顔ひとつ見せずもてなしていたが、何かにつけて与六と滝は、

「佐知殿はご出自が軽格者ゆえ、ご存じないかもしれぬが――」

「市之進殿も上士の家から嫁を迎えておられれば、今少し楽なお暮らしができたでありましょうに」

などとあてこすりを言うのだ。面と向かって言われると、さすがに佐知も辛そうな顔をした。見かねた市之進がわずかでも佐知をかばうようなことを言うと、与六は苦虫を嚙み潰したような顔で、

「さように嫁に甘くて何とするのだ。兄上が草葉の陰でお嘆きであるぞ」

と説教し、滝もまた、

「それもこれも、佐知殿が至らぬためではありませぬか。やはり、釣り合わぬ縁というものは」

と皮肉たっぷりに言い募った。市之進が閉口して黙ると、ふたりは勝ち誇ったような顔をして帰っていくのだった。最初のうち、ふたりのことをよく知らなかった菜々は、茶を持っていった際に与六が、咳をした佐知に、

「なんだ、その咳は。客が来ておるのに不躾《ぶしつけ》ではないか」

と叱りつけるのを聞いて驚いた。さらに滝が、

「まさか、労咳などということは、ありますまいね。もしそうなら、すぐにこの家から出てもらわねばなりませんよ」

と佐知に嫌みを言ったことに腹を立てた菜々は、ふたりをなぐるぐらいしなければ、気がおさまらないと思った。だが、台所に行って、擂粉木《すりこぎ》を持ち出したところを甚兵衛に見つかり、

「変なことをしたら、奥方様にご迷惑をおかけするのだぞ」

と諭されて、胸の内をなだめた。

それでも、与六と滝は来る度に嫌みたらしい振る舞いをするので、どうにかして黙らせる手立てはないものかと思ったが、いい考えが浮かばない。我慢するし

かないと様子を見るうちに、正助ととよも母親を皮肉るふたりを嫌っているとわかった。

　ある日、押しかけてきてさんざんもてなしを受けて帰ろうとしたふたりを、佐知と菜々が玄関まで見送った時、玄関の外で正助ととよが待ち受けているのが見えた。

　正助は手に細い竹竿を持っている。何をするつもりだろうかと怪しんで、菜々は正助がやることを待った。与六と滝がふんぞり返って佐知に辞去の挨拶をした。その時、正助が竹竿を持ち上げてひゅっと振った。すると、竹竿の先に止まらせていた大きな蜘蛛《くも》が糸を引いて宙を飛び、滝の襟首に入った。

　——ひぃっ
　滝が奇妙な声を上げ、のけぞった。

「背中に何かが——」

　滝がうろたえて騒ぐと、与六がうなじのあたりを覗き込んだ。

「蜘蛛だ」

　与六は気味悪げに言って、二、三歩後退《あとずさ》った。その言葉を聞いた滝は悲鳴をあげた。

「取ってください。早く――」

青ざめながら滝が叫ぶが、与六は首を横に振るだけでますます遠のいて近づこうとしない。滝は自分で背中に手をまわして、必死の形相をして取り除こうとするが、うまくいかなくて足がもつれ、石畳の上に尻餅をついた。転んだ拍子に、滝の襟足から蜘蛛が這い出て、首から顔へとさわさわと動いて逃げていった。滝は、うっとうめいて起き上がることもできなかった。佐知が叱りつける前に正助ととよはさっさと姿を消していたが、

(そうか、このひとたちは蜘蛛が苦手なんだ)

と菜々は心の中でにんまりと笑った。

山育ちで虫を捕まえるのが得意な菜々は、その日から、ふたりが来る度に草履《ぞうり》の上に蜘蛛を放っておいたり、天井からいきなり蜘蛛が落ちてくるように細工を施したりした。そのおかげかわからないが、与六と滝の夫婦が風早家を訪れる回数はめっきり減っていった。

市之進はふたりの訪問が途絶えがちになったのを訝《いぶか》しんで、

「近頃、わが家は蜘蛛が多いようだが、掃除が行き届いておらぬのではないか、と叔父上がおっしゃっておられた」

と、夕餉のおりに皆に訊いた。菜々はむせて御飯が喉につまりそうになったが、佐知が微笑して答えた。

「さようなことはございません。菜々はきれい好きで、家の中は隅々まで掃除が行き届いております。ただ、叔父上様がお見えになられる時だけ、蜘蛛が現れますので、不思議なことだとは思っておりました」

「さようか。まことに不思議なことがあるものだな」

市之進は何事かを察したように言い、若い夫婦は顔を見合わせて笑った。正助ととよも目でうなずき合ってくすくす笑い、菜々はこの家が少しでも平穏になってよかったと思った。


この年の暮れになって、風早家を訪れる藩士が増えた。

藩主の鏑木勝重《かつしげ》が高齢で病の床にあり、年明け早々にも、世嗣《せいし》の勝豊《かつとよ》が藩主となる御代替りがあるのでは、と囁かれていた。

そうなれば、これまで重職を務めていた家臣たちも退くことになる。それだけに、永年、藩の財政を苦しめてきた江戸表での散財の引き締めと、退嬰《たいえい》的な政策を改めたいという気運が若い藩士の間で盛り上がっていた。市之進は若手の藩士たちの輿望を担っており、御代替りの際に登用されることを望む声が高まっていた。

風早家を訪れるのは、期待を寄せる若侍が多かったが、市之進は口先だけで改革を唱えるような者を相手にせず、それぞれの役向きで地道に仕事に励み、具体的な抱負を持つ者を相手に熱心に話し込んでいるようだった。
四、五人の藩士が詰めかけて話し込むと、深夜に及ぶこともある。茶だけというわけにはいかず、夜食なども用意しなければならなかった。
佐知は面倒に思わずもてなすため、訪れる藩士たちの間で評判がよく、

「風早殿の奥方は才色兼備とうかがったが、まさに噂通りでござるな」

「妻女の亀鑑《きかん》と申すべきではあるまいか」

などと声高に言う者もいた。市之進は微笑するだけで、それらの褒め言葉を聞き流しているようだったが、菜々は茶を運ぶ都度、佐知への讃嘆の声を漏れ聞いて誇らしい気持ちになるのだった。もっとも、佐知と違って、菜々については、

「今度の女中は、かわいらしゅうはあるが、山出しのせいか、声が大きすぎはせぬか」

「元気がよすぎて、立ち居振る舞いがいささか乱暴に思える」

などの声も聞こえて、菜々の頰をふくれさせていた。それでも、桂木仙之助《かつらぎせんのすけ》というまだ十八歳の若侍は、

「いや、なかなか明るくてよい娘だと存ずるが」

とかばってくれているようだ。集まってくる藩士の中では一番若手なだけに、仙之助の意見が重んじられることはないようだったが、菜々にはそれでも満足だった。なぜなら、仙之助がおずおずと菜々を擁護してくれた時、市之進が、

「わたしも菜々を気に入っております」

と言ってくれたらしいからだ。佐知からそのことを聞いて、菜々は一日中、心が浮き立って機嫌がよかった。


年が押し詰まって大晦日《おおみそか》になると、さすがに訪れる藩士もなく、風早家では正月準備に追われていた。

ところが夕刻になって、玄関先に立った男がいる。

訪《おとな》いを告げる声に甚兵衛が玄関に出てみると、黒い絹の紋付、羽織に袴をつけた立派な身なりの長身の武士が立っていた。額が広く鉤鼻《かぎばな》で頰がこけ、顎が尖って目が異様に鋭い男だった。

「風早殿はご在宅か――」

男は名のりもせずに、低い声で言った。甚兵衛が戸惑っていると、奥から佐知が足早に出てきて、緊張した声で、

「お出でになられること、うかごうてございます。主人がお待ち申しております。お通りくださいませ」

と告げた。男はうなずいて式台に上がると、大刀を腰から抜き、甚兵衛をちらりと見はしたが、佐知に差し出した。武家が他家を訪問する際、大刀を家人に預けるのは作法だが、普段は家士《かし》か若党に渡す。妻女に渡すのは、狎《な》れ狎《な》れしいとして控える。

佐知は一瞬、戸惑ったが袱紗《ふくさ》を用意していなかったので、着物の袖で手を隠して刀を受け取った。渡す際に男は佐知に近寄り、顔をじろりと眺めて、

「なるほど、評判通りの美しさだな」

とあけすけに言った。佐知は困惑して眉をひそめ、黙って刀を捧げ持ち、奥へと案内した。

市之進は男が来るのを客間で待っていた。佐知は男を通すと、そのまま玄関脇の供待《ともまち》部屋に行き、刀架《とうか》に刀を置いた。その刀を得体が知れないものであるかの

ように見つめながら、

——菜々
と声をかけた。

急いで廊下に膝をついた菜々に、

「お客様にお茶をお出しして」

と命じた。藩士が訪れると、佐知が茶を出し、手が足りなければ菜々も茶などを運ぶ。だが、ひとりで訪れた客に菜々が茶を出すことはなかった。

菜々が訝しく思って見上げても、佐知は何も言わず、奥へ引き取った。もはや客の前に出るつもりはないらしい。しかたなく、菜々は茶を用意して客間に持っていった。

客間に入った瞬間、ひやりとしたものを感じた。

市之進と男は向かい合っているだけで、沈黙が流れている。菜々が茶を置くと、男は横目で菜々に目を走らせた。

「奥方は出てこられぬか——」

男は威圧するような低い声で言った。

菜々はどきりとした。赤村にいたころ、山道で大きな蛇に出会った時のことを思い出した。鎌首を持ち上げた蛇の前には居すくんだ蛙がいた。

蛇は蛙を狙って威嚇していた。このままでは蛙が食べられてしまうと思った菜々は地面に落ちていた木の枝を拾った。蛇を叩いて蛙を逃がしてやろうと思ったのだ。

菜々がそろりと近づくと、蛇は不意に鎌首を菜々に向けてきた。しゅーっと音をたて、ちろちろと舌を出した。

蛇の目を見た時、菜々はぞっとした。それでも勇気を出して、

「こらっ」

と木の枝を振り上げると、蛇は馬鹿にしたように、ゆらゆらと鎌首を揺らした。それから、地面を這って道沿いの灌木の中にゆっくりと姿を消していった。

（あの時と同じだ。このひとの目はあの蛇に似ている）

菜々は息を詰めた。

男は、菜々がいることなどまったく気にならない様子で、だしぬけに口を開いた。

「いかがかな、ご承知いただけたものと思うが」

市之進は腕を組んで目を閉じた。しばらく考えていたが、ゆっくりと目を見開

いて、手を膝に置き、首を横に振った。

「承服いたしかねます」

「なぜだ――」

男は顔をゆがませて、ふふっと声を出した。それが笑い声らしいと、男をそっとうかがい見た菜々は思った。茶を出したのだから、すぐに出ていかねばならないのだが、なぜか動けない。男と市之進の間に漂う緊迫した空気を破るのが恐かった。市之進も菜々がいることを気にする様子もなく、

「御家にとってなさねばならぬことだと存じます。多くの藩士がさように思っているのです」

「多くの藩士だと」

男はひややかな目を向けて言葉を続けた。

「そんな連中が当てになると思っているのか。断固として行おうとする意を持っているのは、お主ひとりに過ぎぬ。お主があきらめれば、すぐに収まる話だ」

「わたしは、さようには思っておりません」

市之進がきっぱりと言うと、男はまた低く笑った。

「若いな。世の中を知らぬ――」

「それが取り柄やもしれませぬ」

「なるほど——」

男は笑顔を引っ込め、能面のように無表情になった。そして、じっと市之進を見つめた。やはり目が蛇に似ている、と菜々はあらためて思った。

男から異様な気配が感じられた。男は、山道で見た蛇のように市之進に狙いを定めているのではないだろうか。そんな気がして恐くなった菜々は、ごくりとつばを飲み込んで、

「お茶が冷えましたので、熱いのをお持ちいたします」

と声を高くして言った。

男は菜々の声に顔をしかめた。

「いや、もはや帰る。茶はいらぬ」

そう言うと、男は無造作に立ち上がった。

「お帰りになられますか、轟殿——」

「これ以上、話しても無駄であろう」

男は背を向けて廊下に出た。市之進は見送りに立とうともしない。男は足音も立てずに去っていった。菜々は市之進が男に呼びかけた名前が気になった。

「いまのお客様は、轟様とおっしゃるのでしょうか」

「そうだ。先日、江戸詰めから国許に戻ってこられた轟平九郎殿だ」

――轟平九郎
その名が菜々の耳に雷鳴の如く響き渡った。

五月から聞いた仇の名だった。

四

轟平九郎が風早家を訪ねてきて以来、菜々は考え事をすることが多くなった。あわただしく年が明け、正月を迎えて嬉しいはずなのに、どことなく虚ろな心持ちで過ごしているのだった。

食膳の支度をして、皿を土間に落として割ってしまったり、洗濯をして、物干し竿にかけた手拭が風に飛ばされても気づかないほど心ここにあらずとばかりにぼんやりしてしまう。さすがに見かねた佐知から、

「近頃のあなたはどうかしていますよ。何か気にかかることがあるのではないですか」

と訊かれた時も、先日の客が親の仇かもしれない、とも言えずに、謝るだけだった。

佐知に本当のことを打ち明けられないのは悲しかったが、この間、漏れ聞いた話からすると平九郎は市之進に何事かを迫っているのではないかと思われた。

そんな剣呑《けんのん》な相手が自分の仇だなどと言い出したら、市之進に迷惑がかかりそうで、なおさら言い出しかねた。だが、母の五月が無念そうに平九郎のことを口にしていたのを思い出すと、このまま何もしないではいられない気がした。それに市之進に会いにきた平九郎を、

——蛇のようなひとだ
と感じたのは、恐ろしくて忘れられなかった。父の安坂長七郎は、あんな男に斬りつけたあげく切腹させられたのだろうか。

(父上に罪はなかったに違いない)

菜々ははっきりと思った。考えるまでもなく、あんな男が相手だったとすれば、父は道義のためにやむにやまれず刀を抜いたのだ。そうに決まっている。だとす

ると、父や母のためにも仇を討たなくてはならない。

藩から仇討ちとして認められはしないだろうが、親の仇を討つのに遠慮なんかしてはいられない。だが、こんな物騒な話を叔父の秀平に言ったら、すぐに反対され、

「仇討ちなどと女だてらに大それたことを」

と説教されるに決まっている。それが菜々には口惜しかった。

（女だって仇討ちをしてもいいではないか）

まず何から始めたらいいのかわからないが、とりあえず剣術の修行をしなければならないだろう。

市之進は毎朝、庭で木刀を振るって鍛錬しているが、まさか、旦那様に剣術を教えて欲しいと頼むわけにはいかない。どうしたものだろうか、と考えているうちにふとあることを思いついた。そして、朝餉のおり、市之進に、

「昨年、お召し抱えになられた剣術指南役様のお屋敷はどちらにあるのでございましょうか」

と恐る恐る訊ねた。だんご兵衛さんの屋敷はと訊きたかったが、その時になってようやくだんご兵衛とは変な名前だ、と気がついた。そう言えば、市之進はも

っと普通の名前を言っていた気がする。

「壇浦五兵衛殿のお屋敷ならば、城下の井筒川《いづつがわ》にかかる巴橋《ともえばし》の北側の橋詰《はしづめ》にある。大きな松の木があるから行けばすぐにわかるだろう。もともとは亡くなられた指南役の相沢武兵衛殿のお屋敷で、道場も敷地の中に立っている。わたしも幼いころにはよく通ったものだ」

市之進は話した後、興味深げな目で菜々の顔を見つめた。

「壇浦殿の屋敷を訊いてどうするのだ。まさか、菜々が剣術を修行しようというのではあるまいな」

「いえ、滅相もございません」

菜々はあわてて頭を振ったが、訊ねたことの言い訳をどう繕ったらいいのかわからなかった。困ってまごついていると、正助が箸を振り上げて、

——やっ、とう
と剣術の真似をした。すると、とよも負けずに、意味もわからないまま、

——やっとう
と大声で言って笑った。

「これ、何ですか、はしたない。お食事をいただいているのですよ。静かになさ

い」

佐知が正助たちを叱ったため、菜々はそれ以上、何も答えずにすんでほっとした。

この日は月に一度、菜々が赤村に行く日だった。

菜々は朝餉の後、出仕する市之進を見送り、椀や皿の片付けと掃除を手早くすませて野菜を入れる籠をかつぎ、屋敷を出た。

赤村まで往復六里（約二十四キロ）の道のりを歩いていって、夕刻までに戻ってこなければならない。雪で白く覆われた峰々を遠く近くにながめながら菜々は山道を急いだ。

佐知はひと晩、泊まってきてもいいですよと言ってくれるのだが、菜々は風早家に野菜を早く届けたかった。それに叔母のお勝の機嫌の悪い顔を長く見ていたくない。早く帰って新鮮な野菜を喜ぶ正助やとよの笑顔を見るほうが楽しい。

だから、赤村に着くとすぐに野菜を分けてもらって帰ろうとしたのだけれど、秀平に、

「正月じゃないか。もう少しゆっくりしていったらどうだ」

と呼び止められた。しかたがないと思って囲炉裏端に座った時、轟平九郎のこ

とを訊いてみようという気になった。

「轟というお侍さんを知っていますか」

菜々がいきなり訊くと、秀平はどきりとした顔になった。煙管《きせる》を咥《くわ》え、煙草のけむりをふっと吐いて、

「どうして、そんなお侍のことを訊くんだ」

と言ってうかがうように菜々の顔を見た。

「お屋敷に来られたお客の中にいらしたのです」

「まさか、お前、轟様に何か言ったんじゃないだろうな」

菜々は首を横に振った。しかし、秀平は疑わしそうな顔をして菜々に言った。

「五月姉さんは、いつも轟平九郎が仇だと言い暮らした。だが、そんなわけはない。義兄《にい》さんはお城で刀を抜いて素手の轟様に取り押さえられたのだ。仇などと言ったら逆恨みになる。まさか、とんでもないことを考えているんじゃあるまいな」

「そんなことはありません」

菜々はぶっきら棒に答えて、じゃあ帰りますねと立ち上がった。轟平九郎のことを訊いてしまえば、ほかに用はないと思った。

「おい、ちょっと待て。話があるんだ」

秀平が呼びかけたが、菜々は土間に飛び降りて草鞋《わらじ》の緒を結び、また来ますね、
と言って野菜を入れた籠を背負った。

秀平はなおも呼び止めようとしたが、菜々は急いで土間から表に飛びだした。

そこで、ちょうど田圃《たんぼ》から戻ってきたらしい宗太郎とぶつかりそうになった。野良着を着た宗太郎は菜々を見て、なぜか顔を赤らめ、

——な、なな
と口の中でもごもご言った。子供のころは、菜々のことを、

「ななべぇ」

などと変な呼び方をしてからかってばかりいたのに、近頃は顔を合わせると恥ずかしそうな表情をする。

(おかしなひとだ)

菜々は宗太郎を軽く睨んで、そのまま小走りに駆け去った。宗太郎が後ろから何か言ったような気がしたが、耳には届かなかった。山道を駆け下りていく間に、

(だんご兵衛さんのところに行こう)

と決心がついた。朝から考えてはいたのだが、行くかどうか迷いがあった。だ

が、赤村の気持ちのいい空気を吸って、山道を急いでいるうちに力が湧いて、行ってみる気になったのだ。いまは無理かもしれないが、いつか父親の仇を討てるかもしれない。

肌を刺すように冷たい風を切って駆けながら、そう思った。

昼下がりに城下に戻ると、巴橋へと向かった。橋のたもとの両側には武家地と町屋が並んでいる。橋を渡った南側は町人の町で、北側の橋際に武家屋敷が並んでいた。その中でも松の木がある屋敷は大きい方だった。

菜々は貧相な門松が飾られた門からこっそり屋敷内をのぞいた。すると玄関先で尻端折《しりはしょ》りをした武士が、正月だというのに式台や柱を雑巾で拭いているのが見えた。

門をくぐった菜々は、壇浦様、と声をかけようとしたが、

——だんご兵衛さん

と口からするりと出てしまった。武士はゆっくりと振り向いた。眉が太く鼻が高い顎の張った顔だ。あの時とは違い、月代《さかやき》をきれいに剃り、無精ひげも生やしていないが、街道で会った五兵衛に間違いなかった。

「あのおりの娘御か――」

　五兵衛は笑顔になったが、どことなく浮かぬ表情をしていた。菜々が、だんご兵衛と呼びかけてしまったのが気になっているのだろうか。菜々は式台の傍まで駆け寄り、

「本当に剣術指南役様になられたのですね。おめでとうございます」

と頭を下げた。五兵衛は照れ臭げに、いや、さほどのことでもないが、と着物の裾を急いで下ろして、

「まあ、上がらぬか。そなたを捜して礼をしに行かねばならぬと思うていたのだ」

　と言った。菜々は野菜籠を下ろして玄関脇に置き、五兵衛に案内されるまま奥へ進んだ。

「爺さんの下僕《げぼく》がいるのだがな、先日来、腰を痛めておって、いまは何もかもわしがひとりでせねばならんのだ」

　五兵衛はそう言うと、菜々がわたしがします、と言うのを押しとどめて、湯を沸かし、茶を淹《い》れて奥の部屋に座る菜々のもとに持ってきた。

「あのおりはまことに世話になり、助かり申した。こうして仕官できたのもそな

たのおかげだ」

笑いながら言ったが、菜々がせっかく淹れた茶も飲まず、じっと自分の顔を見ているのが気になったらしく、五兵衛はつるりと顔をなでた。

「どうした。わしの顔に何かついておるか」

「お頼みしたいことがあるのです」

菜々は真剣な表情をして言った。五兵衛はうなずいて、

「よいぞ、世話になったそなたの頼みなら何でも聞いてやる。ただし、金は無いぞ。仕官したいあまり、本来なら九十石の剣術指南役を四十石でもよいと言ってしまった。それゆえ、金は無い」

「無い」に力を込めて、ことさらに胸を張り、菜々を見た。言われた菜々は、正月だというのに破れたままの障子や襖《ふすま》、蜘蛛の巣が下がった天井とささくれ立った畳に素早く目を遣って、納得した顔をした。

五兵衛がごほん、と咳払いして何か言いかけようとするのを遮って、菜々は膝を乗り出した。

「お頼みする前にお聞きしたいことがございます」

「なんだ」

「わたしの父は武士でしたが、城中で言い争いになり刀を抜いたため、相手のひとに素手で取り押さえられて切腹しなければなりませんでした」

「ほう、そうなのか」

五兵衛はわずかにうなずいただけで、表情を変えずに、後を続けるよううながした。

「ですが、わたしの母は、父が穏やかなひとで無闇に刀を抜くようなことはしなかったはずだと申しておりました。父がそうするように相手のひとが仕向けて切腹させたのだと信じていたようです。そんなことができるものなのでしょうか」

「なるほど、それを聞きたいのか」

五兵衛は腕を組んで、

「ひとは虫の居所が悪ければ、思いがけない乱暴を働くこともあるぞ。母上はそうは思われなかったのか」

と訊いた。菜々はゆっくりと首を横に振った。そうか、と言って考えこんだ五兵衛は、不意に組んでいた腕をほどき、素早い動きで右手を前に突き出した。

菜々はびっくりしてのけぞった。白い光が目の前を走ったような気がした。

「いま何をなさったのですか」

菜々は後ろ手をついたまま訊いた。五兵衛は笑って、

「気を遣ったのだ。そこそこの腕前がある者なら、気だけで相手をおびえさせることができる。気が小さい者なら斬られると思って、恐さのあまり思わず刀を抜いてしまうかもしれんな」

と説いた。菜々は座りなおしながら言った。

「そのようなことだったのではないかと思います。相手は蛇みたいなひとでしたから」

「蛇だと。そなた、相手に会ったことがあるのか」

菜々はじっと五兵衛を見返すだけで答えない。五兵衛は問いを重ねた。

「切腹したそなたの父親は、鏑木藩士だったのか」

「申せません」

菜々がきっぱりと言うと、五兵衛はにっと笑った。

「その方がいいな。わしもひとの仇討ち話に巻き込まれたくはない。となると、頼みというのは何なのだ」

「わたしに剣術を教えていただきたいのです」

ほう、と言って五兵衛はじろじろと菜々の体つきをながめた。引き締まっては

いるが、小柄で力はなさそうに見える。

「無理だな。やめておけ」

「いえ、あきらめるわけにはいきません」

必死な面持ちで菜々は言った。あきらめたら、父と母は浮かばれないという気がしていた。

「無理を申すな。第一、わしは剣術指南役だぞ。藩士でもない者が稽古をつけて欲しいと申すのなら、それなりの物をもらわねばならんぞ」

「それなりの物？」

「なんだな、つまりは束脩《そくしゅう》だ」

五兵衛は決まり悪げに言うと、これであきらめがついただろうという顔をして菜々を見た。だが、菜々はたじろがなかった。

「稽古料なら、すでに納めています」

「なんだと――」

何を言っておるのか、と笑おうとした五兵衛ははっとした。

「まさか、あのだんごが……」

「はい、稽古料になると存じます。あのおり、だんご兵衛さんは、だんごを二十皿、全部で六十本、お召し上がりになりました」

「そんなに食ったか」

だんご兵衛と呼ばれたことにも気づかず、五兵衛は信じられないという顔をした。

菜々は、はい、と応じてじっと五兵衛を見つめた。

五兵衛も何も言わずに見返す。しばらくふたりは睨み合っていたが、やがて五兵衛はあきらめたように言った。

「わかった。そなたには助けてもらった借りがある。だんごの代金のかわりに稽古をつけてやらねばなるまいな」

「ありがとう存じます。わたしは月に一度、赤村に野菜をもらいに参りますが、その帰りがけにきょうのようにお寄りしますので、稽古をお願いいたします」

「どれほど稽古をつけてやればよいのだ」

「だんご六十本分ですから、一本につき一回の稽古ということで六十回でしょうか」

五兵衛は目をむいた。

「待て待て、月一回の稽古と申したな。そうすると、六十回の稽古をつけるには五年もかかるぞ」

「さようでございます」

　菜々はにこりと笑った。

五

　五兵衛から剣術の稽古の約束を取り付けた菜々は、この日、日が暮れかけたころ、元気に屋敷へと戻った。

「ただいま、戻りました」

　勝手口から入って声をかけたが、屋敷の中はしんと静まっていた。どうしたのだろうと思い、野菜籠を土間に置いて足を拭き、板敷に上がった。

　奥へ行ってみると、正助が縁側でぼんやりと座っているのが見えた。外はすでに薄暗くなっている。

「坊っちゃま」

菜々が呼びかけると、正助ははっとして振り向き、すぐに駆け寄ってきた。

「とよが病気なんだ」

肩を落として正助は言った。

「えっ、今朝方までお元気だったのに」

「それが急に具合が悪くなって。母上がそばに寄ってはいけないって」

菜々はあわてて奥の部屋へ向かった。廊下に膝をついて、

「ただいま戻りました」

と声をかけると、佐知が落ち着いた声で、

「お入りなさい」

と答えた。部屋に入ると、とよが小さな布団に横になっている。枕元に座った佐知が濡れた手拭で額の汗をふいていた。

「昼過ぎになって突然、熱を出したのです。お医者様に診ていただきましたら、〈はしか〉かもしれないとのことです」

「〈はしか〉でございますか――」

菜々は驚いて枕元に寄った。とよは赤い顔をして苦しげな息をしている。〈いなすり〉とも呼ばれる〈はしか〉は、このころ流行病《はやりやまい》の中でも特に恐れられ、

俗に、

――疱瘡《とうそう》は器量定め、麻疹《はしか》は命定め
などと言われていた。疱瘡、つまり天然痘になれば、治癒しても顔に痘痕《あばた》が残ってしまう、〈はしか〉に罹《かか》れば命に関わる、というのだ。

「近頃、街道筋の宿場で〈はしか〉の病人が出たそうです。ご城下でうつったひとはまだいないそうですから、ただの風邪かもしれないけれど、熱が急に出ただけに用心が肝要とのことでした」

「どうして、〈はしか〉などに罹られたのでしょう」

言いかけた菜々ははっとした。市之進始め、風早家の者は城下から出ることはない。赤村への行き帰りに街道を通るのは菜々だけだ。ひょっとすると、どこかで〈はしか〉の病人と行き合ったのかもしれない。

「もしかすると、わたしがうつしてしまったのでしょうか」

菜々がうろたえると、佐知はやさしく言った。

「まだ、〈はしか〉だと決まったわけではありません。それに出入りの商人もいるのですから、誰からなのかはわかりません」

「ですが……」

菜々がなおも言い募ろうとすると、佐知は傍らに置いた小盥《こだらい》に手拭を浸して冷やし、固く絞り、折り畳んでとよの額にそっと置いた。

「そんな詮索をするより、とよの看病が大事です。うつってはいけませんので、正助にはこの部屋に来ないよう言い付けています。とよの看病はわたくしがしますから、菜々は旦那様のお世話を頼みます」

「どうか、わたしにもおとよ様の看病をさせてくださいませ」

佐知は菜々に顔を向けて微笑んだ。

「これは母の務めなのですよ」

佐知にきっぱり言われてしまうと、菜々は重ねて頼むことができなかった。

この日の夕餉の支度は菜々がひとりでやった。台所に続く板の間で正助に膳を出し、奥の部屋にいる佐知のもとにも運んだ。市之進は深更《しんこう》に帰宅して、とよを見舞い、佐知としばらく話した後、居間で菜々の給仕を受けて遅い夕餉をとった。それから後は書斎で書類を見ていたが、菜々に言葉をかけることはなかった。

菜々は自分の部屋に入り、寝支度をした。しかし、とよの容態が気になってとても眠れそうになかった。布団に横にもならず、奥の部屋の様子をうかがった。どうやら佐知は寝ずに看病するつもりらしい。

菜々は案じつつ座っていたが、朝方になってふと気づくと、いつの間にかうつぶして眠りこけていたようだ。肩に手を当てると布団がかけてある。

（誰がかけてくれたのだろう）

とまだはっきりしない頭で考えた時、

——奥方様だ

と思った。佐知が部屋の前を通りかかり、菜々が寝入っているのを見て、布団をかけてくれたに違いない。おとよ様の看病でお疲れなのに、と菜々は申し訳ない気持ちでいっぱいになり、急いで着替えて奥の部屋に向かった。

声をかけて障子を開けると、佐知は昨日と同じ姿勢でとよの枕元に座っていた。一睡もしていないのは、見てすぐにわかった。

「奥方様、布団をかけていただき申し訳ございませんでした」

菜々は畳に額をつけて言った。佐知はとよの寝顔に目を遣ったまま、

「何を申しているのです。わたくしがとよを看病する間、わたくしの代わりに働いてもらわねばなりません。菜々が風邪を引いては困りますからね」

と何気ない様子で応じた。菜々は涙が出そうになるのを堪えながら、一生懸命に働かねばと思った。

三日三晩にわたって佐知はとよを寝ずに看病した。

四日目の朝、水を取り替えた小盥を持って部屋に入った菜々に、佐知が明るい顔を向けて手招きした。あわてて傍にいくと、佐知は微笑んで言った。

「ようやく、とよの熱が引いたようです」

「まことでございますか」

覗き込んで見たとよの額には汗も浮いておらず、顔もいつもの色に戻っていた。

「奥方様、これでひと安心でございますね」

涙ぐむ菜々に、佐知は嬉しげにうなずいて再びとよの顔を見つめた。そしてふと思い出したように、菜々に話しかけた。

「そう言えば、先日、旦那様に剣術指南役様のお屋敷のことを訊ねていましたね」

「はい――」

佐知はそんなことまで覚えていたのか、と驚きながら、菜々は首を縦に振った。

「菜々は剣術を習いたいのですか」

市之進に訊かれた言葉をいきなり言われて、菜々はどきりとした。仇討ちのこ

とはどうあっても口にしてはいけないと叔父の秀平から固く言いつけられている
し、自分でもそう心に定めていたから、
「いいえ、さようなことは思っておりません」
と小さな声で答えた。佐知は菜々の顔を見つめて、
「菜々が何をしようと考えているのかわかりませんが、女子《おなご》は命を守るのが役目
であり、喜びなのです。そのことは忘れない方がいいように思います」
と言い添えた。佐知は菜々が何事か思い惑っているのを察して案じているよう
だ。「女子は命を守るのが役目なのです」という佐知の言葉が菜々の胸に響いて
いた。

ひと月がたって、屋敷の庭に梅の花が咲いたころ、菜々は再び赤村に行き、帰
りに五兵衛の屋敷を訪ねた。
五兵衛は約束通り、菜々を道場に迎えて稽古のための木刀を用意した。だが、
菜々は沈んだ様子で道場の床に座った。木刀を手に取ろうともしない。向かい合
って座った五兵衛は首をひねった。
「どうした。この間は熱心に剣術の稽古をしたいと言うておったのに、きょうは

元気がないな」

菜々はため息をついた。

「先月、こちらに参りましてからお屋敷に戻ったら、お嬢様が熱を出しておられたのです」

「ほう、それは大変であったな」

五兵衛は素っ気なく相づちを打った。

「ご病気は奥方様が夜もお休みにならず看病なされて本復《ほんぷく》なさいました」

「ならばよかったではないか」

何が言いたいのかさっぱりわからず、五兵衛は菜々に怪訝な目を向けた。

「看病しておられる時、女子は命を守るのが役目だと奥方様は仰せになりました」

「うむ、いかにもさようであろう」

「それで考えたのですが、剣術はひとの命を奪うためにやるものではないかと思うのです」

菜々が考え考え言うと、五兵衛は膝をぴしゃりと叩いた。

「なるほど、それで、女の身で剣術を稽古するのはいかがなものかと思うたのか。

いや、奥方様はよう言われた。まさにその通りだ。せっかく始めたのに、もったいないが、稽古を止めにしようとそなたが思うのであれば、それもやむを得んな」

これで稽古をつけずにすむかもしれない、と五兵衛は上機嫌になった。それを見た菜々は言葉を添えた。

「お嬢様を看病していらっしゃる奥方様はまことにお美しく、わたしもいつかあのような立派な方になりたいと思いました。それで、見かけがあまりきれいとは言えない剣術の稽古をしても、とも迷っているのです」

汗臭い着物の襟をはだけ、古びて裾が擦り切れた袴を平気で着ている五兵衛をながめて菜々は言った。むっとした表情をして、五兵衛は手で菜々を制した。

「ちょっと待て。聞き捨てならんぞ。そなたは剣術が汚いと申すのか」

「いえ、美しくはない、と思っただけでございます」

菜々は平気な顔をして答えた。同じことではないか、とつぶやきながら五兵衛は木刀を手に立ち上がった。するすると摺り足で道場の中央に出ると木刀を正眼《せいがん》に構えた。

「新陰流ではな、〈形《かた》〉のことを〈勢法《せいほう》〉と呼ぶ」

五兵衛は荘重《そうちょう》な面持ちで言うが、菜々は何を教えられているかわからず、ぼんやりと聞き流した。

――燕飛《えんび》

ひと声叫んで、五兵衛は木刀を縦横に振るって動いた。〈燕飛〉とは、陰《かげ》流の祖である愛洲移香斎《あいすいこうさい》の〈猿飛《さるとび》〉から上泉伊勢守《かみいずみいせのかみ》が工夫した刀法であり、途切れること無く打ち続け、さながら循環するように技を連続して遣う。さらに五兵衛は、

――三学円之太刀《さんがくえんのたち》

と唱え、木刀を振るった。〈三学〉とは仏教の言葉である「戒《かい》」、「定《じょう》」、「慧《え》」からきている。稽古鍛錬を怠らない「戒」、熟達して、惑いなき「定」、敵と立ち合っておのずから技を生み出す「慧」を〈三学〉と言う。

さらに〈円之太刀〉とは円転して滞らぬ太刀のことであり、円転自在な刀法により、敵に先《せん》の技を出させ、その動きに応じて後《ご》の先《せん》で打ち取ることを理想としている、と説きながら五兵衛は次々と新陰流の形を菜々に見せていった。

五兵衛が厳しい気合を発して動くのを菜々は目を丸くして眺めていた。風を切る音が凄まじく、同時にひとつひとつの動きが舞のように緊迫した美しさを湛え

ていた。

　やがて動きを止めた五兵衛は、木刀を納めて、

「どうだ。かような剣が汚く見えたか」

と訊いた。菜々は頭を振ってすぐさま答えた。

「いえ、さようなことはございません。とてもきれいな動きに見えました」

　さようであろう、とうなずいた五兵衛は菜々の前に座った。

「たしかに、剣はひとを斬るものではある。しかし、何よりもまずおのれの心の非を斬るものでなければならぬ」

「心の非を斬る？」

　菜々はよく呑み込めずに訊き返した。

「難しく聞こえるかもしれんが、つまり、敵と向かい合った際、おのれの心に臆病や見栄、欲や傲《おご》りなどの邪念があっては勝つことができぬ。剣の修行は、まずおのれの邪念を捨て去ることから始まる。そして、それはな」

　言葉を途切った五兵衛はじっと菜々の顔を見て言った。

「わしは、そなたが何のために剣を学ぼうと思い立ったのか訊こうとは思わぬ。武士が剣を抜くのは主君への忠義のためだ。しかし女子であるそなたが剣を取ら

ねばならぬことがあるとすれば、それは大切なものを守るためであろう。そなたが仕える奥方様がおっしゃっておられたことと同じだ。言いかえれば大切なものを守るため、邪念を捨てて強くなるのが、剣の修行だと心得よ」

五兵衛の言葉を真剣な表情で聞いていた菜々は、大きくうなずいた。

「わかりました。わたし、やっぱり稽古をつけていただきます」

元気のいい菜々の返事を聞いてすぐ、五兵衛は、しもうた、せっかくやめる気になっていたものを、よけいなことを言ったばかりに稽古をつけてやらねばならなくなったわい、という顔をした。

五兵衛がどことなく肩を落としたのに構わず、菜々は勢いよく立ち上がって木刀を構え、

「稽古をお願いいたします」

と朗らかな声を出した。

この日、市之進は城中でも奥まったところにある家老の御用部屋で国家老《くにがろう》の卜部《うらべ》作左衛門《さくざえもん》、勘定奉行の宮田笙兵衛《みやたしようべえ》、目付の榊佐十郎《さかきさじゆうろう》らと向かい合って座っていた。轟平九郎も傍らに控えている。

作左衛門は厳しい顔をして決めつけた。

「風早、江戸屋敷にて勘定方の不正が行われているとそなたが吹聴しておるという噂があるが、まことか。先ごろ勝豊公が家督を継がれて藩主となられたばかりであるのに、不穏当ではないか」

市之進は頭を下げ、ちらりと平九郎に視線を走らせてから答えた。

「どなたがさようなことを申されておりますのやら、わたしにはわかりかねますが、不正と申した覚えはございません。ただ、不審に思うておることはございます」

「やはり疑《うたご》うておるのではないか。どのようなことだ、はっきりと申してみよ」

作左衛門は苛立たしげに言った。

「日向屋《ひゅうがや》からお借上げになりました金子《きんす》が、江戸屋敷に直《じか》にまわされるのはいささかおかしいかと存じます」

「なんだと」

作左衛門は目を剝いた。日向屋は領内の大地主で酒造や薬種《やくしゅ》問屋、呉服商も営む富商だった。鏑木藩に二万両の〈大名貸し〉も行っている。

「江戸表で入り用となった金を、日向屋の江戸店《だな》から届けておるだけだ。わざわざ国許から送れば不用心であるし、飛脚の費用もかかる。当たり前のことであろう」

「とは申しましても、そのために借用証文が国許にはなく、借財がいかほどになっておるのかわかりませぬ。将来に禍根を残しはせぬかと案じられます」

笠兵衛が笑い声をあげた。

「なぜ、さようにに重箱の隅をつつくようなことを申すのだ。江戸にも勘定方はおる。証文の類はいずれ国許へ送られて参るのだ。気遣いはいらぬ」

「されど——」

「まだ、疑いがあると申すか」

作左衛門が苦虫を嚙み潰したような顔になった。

「江戸表の勘定方の者はいずれも軽格にて、実際には御側用人の斎藤清兵衛《さいとうせいべえ》殿の差配によって行われているのが実情だと思われます。されど、斎藤清兵衛殿は、ご隠居なされた大殿様の側近にて」

市之進が言いかけるのを、平九郎が膝を乗り出して、

「しばらく待たれよ」

と言葉を挿んだ。作左衛門は、ほっとした表情をして、すぐさま応じた。

「なんじゃ」

待っていたように平九郎は低い声で言った。

「風早殿は、不穏にも大殿様に関わることを申し上げるおつもりかとお見受けしてございます。されど、いったん口に出してしまえば、もとには戻せませぬ。風早殿にいま一度、熟考していただく暇《いとま》をお与えになるべきかと存じます」

「それがしは、ただいまにても一向に構いませぬ」

市之進はきっぱりと言い切ったが、作左衛門と笙兵衛、佐十郎らはひそひそと言葉を交わした。ほどなく、作左衛門が、

「詮議はまたにいたす。風早、今一度、頭を冷やして参れ」

と言い残して、そそくさと立ち上がった。

さもこの場に留まりたくないかのように作左衛門始め、重役たちはあわただしく出て行き、市之進と平九郎のふたりだけが御用部屋に残された。市之進は平九郎に皮肉な目を向けた。

「何故《なにゆえ》に止められたのでござるか」

「わかっておろう。お主が大殿に対して不敬の言を漏らせば、わしが無礼討ちにする段取りになっておった。そうならぬよう、わざわざ説得に出向いたが無駄で

あったからな」

「ならば、段取り通りになされば、よろしゅうござりましたな」

市之進は冷静な口調で返した。

「いや、つい勘ぐってしまったのだ。こちらの企みを察しておるはずのお主がさような出方をするには何か裏がありはせぬかとな」

「さて、いかがでございましょうか」

表情を変えずに市之進が言うと、平九郎は、ふふ、と低く笑った。

「まあ、よい。こちらも急ぎはせぬ、じっくりとやるまでだ」

不気味な笑いを残して立ち去ろうとする平九郎に、市之進は声をかけた。

「いまを去ること十四年ほど前のことでござるが、やはり日向屋にまつわる不正を糾《ただ》そうとした普請方の安坂長七郎なる御仁が城内で轟殿と口論になり、刀を抜いたため切腹となったということでござる。そのころ、それがしはまだ元服前でござったゆえ、詳しいことを知り申さぬが、まことでございましょうか」

平九郎はじろりと市之進に険しい視線を向け、

「さように取るに足りぬことは忘れたな」

ひと言だけ言い残して部屋を出ていった。

六

　三月になって、風早家に突然、菜々の叔父秀平と従兄の宗太郎がともに紋付袴姿で訪れた。

　家僕の甚兵衛に訪いを告げて勝手口にまわり、声をかけてきた秀平を見て菜々は驚いた。

「どうしたんですか。そんな恰好をして」

「どうしたもないだろう。お前がいつも帰るなり、野菜を持ってあっという間にお屋敷へ戻ってしまうから、こうして訪ねてきたんだ」

　秀平が言うと、傍らで顔を赤くして宗太郎がうなずいた。何の用で来たのだろうと考えつつ、菜々は佐知に許しを得て外で話を聞こうと思った。奉公人が訪ねてきた客とお屋敷内で話すわけにはいかない。

　菜々が奥へ行こうとした時、たまたま佐知が台所に来た。土間に立つ秀平と宗太郎が深々と頭を下げた。

「どなたですか」

佐知に訊かれて、菜々は急いで答えた。

「申し訳ございません。赤村の叔父と従兄が、何か話があるということで出てきたそうでございます。お許しいただければ、外で話をしてまいります」

そうですか、と佐知はうなずいて、土間に立つ秀平たちに目を遣った。佐知は、いつもお野菜をありがとう存じます、と言いつつ、紋付羽織袴姿なのを見て何事か察したらしく、菜々に、

「叔父様方におあがりいただきなさい。わたくしも一緒にお話をうかがった方がよいかもしれませんね」

と囁きかけた。菜々が首を横に振って、

「とんでもございません。さようにお気遣いいただいては恐れ多うございます。たいした話ではないと思いますし」

とあわてて答えると、秀平は、ごほん、と咳払いして、

「奥方様のお言葉に甘えさせていただきます」

と草履を脱いでさっさとあがってしまい、宗太郎も後に続いた。

（なんて、あつかましいのだろう）

菜々は目を白黒させたが、秀平たちは平気な様子で佐知に従って台所の続きの板の間に行ってしまった。しぶしぶついていった菜々に、

「菜々、お茶をお出しして」

と言いつけた佐知は、ふたりの前に座った。かしこまって挨拶する秀平に、佐知は笑みを浮かべて、

「そのご様子では、ひょっとして菜々の縁談でいらしたのではございませんか」

と言った。秀平は驚いた顔になり、

「さようでございます。実は前々から話をしておったのですが、菜々がなかなか返事を寄越しませんので、しびれを切らして、年季明け前で失礼を承知ながら、このように参りました次第でございます」

と口ごもりながら答えた。それを聞いて、菜々は顔をしかめた。

秀平が菜々を宗太郎の嫁にしたい、と望んでいるのは以前から知っていた。それが鬱陶しくて赤村を出たのに、城下まで追いかけてきて話を進めようとするとは思いも寄らなかった。

菜々が眉をひそめながら茶を出すと、秀平は真面目な顔をして佐知に告げた。

「菜々をわたしの息子の宗太郎の嫁にしたいと思い、かようにお願いに参ったしだいでございます。菜々は両親がすでに亡くなっておりますので気儘《きまま》にしておりますが、いずれ赤村に戻って暮らす方がよいと存じます」

隣に座っている宗太郎が額に汗を浮かべて大きくうなずいた。

菜々は身を乗り出して、

「でもお勝叔母さんは、わたしを嫁にしたいとは思っていないはずです」

と言葉を返した。秀平はじろりと菜々を見て、

「あいつに文句は言わせない」

と日頃になく強く出た。

「そうは言っても」

いつもはお勝さんの尻に敷かれているのに、と菜々は秀平に不信の目を向けた。

菜々に疑いの目で見られて居心地が悪くなったのか、秀平は頭をかいて、

「実はな、宗太郎がどうしても菜々を嫁にしたいと言い出したんだ。それでお勝も折れる気になったようだ。なにしろ菜々を嫁にしなければ、家を継がないとまで言うものだからな」

と本音を語った。へえー、宗太郎があの母親に楯突くことができたとは、と菜

々は見直す思いで宗太郎の顔を見た。宗太郎は緊張しすぎたのか青ざめている。

話を聞いていた佐知は、菜々に顔を向けて言葉をかけた。

「菜々はこのお話をお受けする気はあるのですか」

「嫌でございます」

菜々は即座に返答した。秀平が声を大きくして、

「お前、そんな言い方は」

と言いかけるのをさえぎり、宗太郎が膝を乗り出して菜々に告げた。

「おれは子供のころから菜々が好きだった」

そうだったのか、と菜々は驚いた。菜々は宗太郎がそんな気持ちを抱いているとは夢にも思ったことはなく、従兄だから遊び仲間になったのだった。

「菜々はおれが嫌いか」

初めて聞くような心細そうな声だった。そんなことを正面切って訊かれるとは思っていなかったので菜々は戸惑った。

「嫌いではないけど」

「それなら他に好きな男でもいるのか」

「そんなひと、いるわけがない」

急にわけのわからない訊き方をされて、菜々はうつむいた。宗太郎は声を強めて言い足した。

「だったら、おれは待つ」

「そんな……」

「お前が誰かのところに嫁に行きたいと思ったら、あきらめる。だが、そうでなければいつまでも待っている」

宗太郎はきっぱりと言い放つと、親父、きょうはここまでだ、と秀平をうながした。秀平はまだ菜々に何か言い足りない顔をしていたが、宗太郎にうながされるまま、佐知に頭を下げ、

「突然、お邪魔いたしまして申し訳ございませんでした」

と謝ってから立ち上がった。

佐知は微笑して、ふたりが勝手口から出ていくのを見送った。その時になって廊下に正助ととよが立って、こちらをのぞき見しているのに菜々は気づいた。正助が、

「菜々はお嫁さんになるんだ」

と言うと、とよも、

「およめさん、およめさんだ」

と跳ねながら繰り返した。菜々は、きっと睨むような目をふたりに向けた。

「坊っちゃま、お嬢様──」

ふたりは笑いながらばたばたと逃げていった。菜々はため息をつき、佐知に向かって手をつかえた。

「叔父が突然に押しかけ、妙なことを申しまして申し訳ございませんでした」

「縁談なのですから、妙なことではありませんよ。それに従兄さんはなかなか男らしい方ではありませんか。菜々の本当の気持ちはどうなのです」

佐知はやさしく菜々に問いかけた。

「いままで考えたこともありませんでしたから、本当の気持ちとお訊ねになりましてもお答えできません。それに従兄は、子供のころわたしから蛇を投げつけられて泣いていたようなひとですから、男らしくなんてないと思います」

そんなことをしていたのですか、とあきれながら佐知は言った。

「でも、男も女も年を経て蛹《さなぎ》が蝶になるように変わるものですよ。あなたもこの家に来てからずいぶん分と変わりました」

「わたしがですか。とてもそんな風には思えませんが」

小さく答えて菜々は頭を振った。風早家に仕えるようになって、佐知のような女のひとになりたい、と思うようになったのは本当だった。奉公するようになってからのことに思いをめぐらしていた菜々は、佐知から、

「菜々はどのような方に嫁ぎたいと思っているのですか」

と訊かれて、何気なく答えた。

「それはおやさしい旦那様のようなお方です」

「おや、そうなのですか」

佐知は好奇心に満ちた目を見開いてつぶやいた。菜々ははっとして、

「いえ、とんでもございません」

とうろたえたが、とんでもない、という言い方は変だったかもしれないと気がついたのは、夜になって自分の部屋に戻ってからのことだった。

ほどなく月に一度の野菜を分けてもらう日になって、いつものように訪ねると、秀平と宗太郎はむっつりと黙り込み、お勝も面白くなさそうな顔をして、皆が愛想の悪い対応を見せた。

さっさと城下に戻った方がよさそうだと思ったが、不思議なことに宗太郎と顔

を合わせた時、少しどきどきした。

さらに宗太郎が菜々を振り向きもせずに仕事をしているのを見ると物足りない心持ちになった。田圃の方へ行こうとしている宗太郎に、

「宗太郎さん」

と思い切って声をかけた。宗太郎は振り向いたが、気難しい顔をしたままだ。

「何か用か」

無愛想に宗太郎は答えた。

「別に用事はないけど」

「だったら、声をかけるな。おれは忙しいんだ」

宗太郎はむすっとして背を向け、田の方へ行ってしまった。それは断ったのは悪かったけど、この間は嫁に欲しいとあんなに熱心だったのに、と何だか気をそらされた思いがして、菜々は腹が立ってきた。すると後ろで、くっくっとこみあげるような笑い声が聞こえた。

振り向くと、お勝が囲炉裏端でおかしそうに笑いを堪えている。菜々は腹立ちを抑えて野菜籠を背負い、土間から外へ出た。と、宗太郎の姿がすでに見えないのが少しさびしい気がした。

（わたしはどうかしているみたい）

そう思いながら、菜々は山道を駆け下りていった。城下に入ると、いつものように五兵衛の屋敷に行った。道場の入り口で、

「お願いいたします」

と声をかけると、道場に座って待っていたらしい五兵衛が、うむ、と応じて立ち上がり、菜々に木刀を手渡した。これまでの稽古では剣術の心得などを話して聞かされただけで、刀の構えを教わるのは、この日が初めてだった。

「よいか。刀は片手で棒を振り回すのとは違う。右手と左手で握り締め、左手の引きの強さが太刀行きの速さになるのだ」

と説いた五兵衛は、木刀を大上段に振りかぶる形を示し、同じように真似てみよと菜々に言った。

「思い切って、わしに打ち込め」

五兵衛が言い終わらぬうちに、菜々は踏み込んで木刀を振り下ろした。風を切る音がした。とっさに片手で木刀を受け止めた五兵衛は、思いがけない速さに眉をひそめた。

「そなた、手首が強いようだな」

「子供のころ、山で木登りをしていましたから」

「女だてらにそんなことをしていたのか」

と顔をしかめながら、五兵衛は菜々の手首を握って強さをたしかめた。そして、

「打ち込む時の足の送りもできておったな。どうやって覚えたのだ」

と訊いた。菜々は首をかしげながら答えた。

「この間、えんぴとか、さんがく、とかいうものを見せていただきましたので、見よう見真似でやってみました」

「見ただけで覚えたというのか」

ぎょっとした顔になった五兵衛は菜々がうなずくのを見て、

「それなら、見覚えた動きをやってみろ」

と命じた。菜々は言われるまま、道場の中央に出て木刀を構えた。

呼吸をととのえて、足を踏み出す。同時に木刀が動く。その動きが止まらない。風を切る。円転の動きになる。裾を乱さず、足さばきは流れるようだ。ところどころたどたどしくはあるが、それぞれの太刀の動きを菜々は真似ていった。

五兵衛は太い吐息をついた。

「そうか。そなたはひとの動きを見ただけで、自分の体に写すことができるのだ

な。おかしな奴だ」

「わたしは変でしょうか」

菜々は恥ずかしそうにした。子供のころから、ひとの動作をまねるのは得意だった。それで村の遊び仲間を喜ばせたこともあった。

「いや、剣を学ぶには大事なことだ。そなたには形の稽古が向いているようだな」

五兵衛はうなずきながら言った。

「形ですか？」

「そうだ。形を体に叩き込めば、道場での稽古試合ではさして目立たぬが、実戦では強みが出る。道場では千変万化に技を使えても、実際の立ち合いでは一本調子にしか動けないからな。形にはまれば、一太刀で相手を倒せるのだ」

菜々は真剣に聞いていたが、気になることを口にした。

「相手が形通りにかかってこなかったら、どうなるのですか」

「その時は斬られて死ぬだけだな」

五兵衛は無情に言いのけた。

夕刻になってから、菜々は野菜籠を背負って屋敷に戻った。勝手口から入って、佐知に戻ったことを告げに行こうとした時、屋敷の中がしんと静まっているのに気づいた。

ふと、嫌な予感がした。

先々月も赤村から帰った日に、とよが熱を出したのだ。

まさか、と思いながら奥へ行ってみると、正助は文机《ふづくえ》で手習いをしており、とよはその傍らで人形遊びをしている。ほっとして、

「ただいま戻りました。奥方様はどちらでしょうか」

と声をかけると、正助は筆を握ったまま目を上げて、

「裏の井戸で水を汲んでいたみたいだけど」

と返事をした。そうだ、きょうはお風呂の日だった、と菜々はあわてて井戸へ走った。井戸水を汲んで風呂場に運ばなければならないが、近頃、佐知は桶を持つのが辛そうだった。急いで井戸端へ駆けつけると、佐知は釣瓶《つるべ》に手をかけて夕空を見上げていた。

――奥方様

菜々の声に、佐知は振り向いて微笑んだ。

「菜々、夕焼けがきれいですよ」

空には茜色の雲が棚引《たなび》いている。いま、まさに日が沈もうとしていた。

夕日に照らされてわずかに朱色に染まった佐知は、ため息が出るほど麗《うるわ》しかった。

菜々は思わず見惚れて立ち尽くした。その時、佐知が前屈みになって咳き込んだ。咳は止まらず、

「大丈夫でございますか」

と菜々はすぐに佐知の背をさすった。

「大事《だいじ》ありません」

言いかけた佐知は、また苦しげに咳をして口を押さえた。

菜々は息を吞んだ。佐知の指の間から、夕焼けの朱に染まったと見まがうような血が流れていた。

七

喀血《かっけつ》した日から、佐知は寝込むことが多くなった。少し体の具合がいい日には床《とこ》を離れるのだが、家事をしている間に疲れがたまるのだろう、次の日は床から起き上がれない。

心配した市之進は、

「無理に起きることはない。すべて菜々に任せてゆっくり休むとよい」

と言って、傍らで看病していた菜々に、

「よろしく頼むぞ」

と声をかけた。菜々は奥方様のためとはいえ、市之進に頼むと言われて少しばかり誇らしくもあり、何度も頭を下げた。お任せください、とすぐに言えばよかった、と後で思ったが、市之進を前にすると、なぜか落ち着かなくなって、言葉が出なくなるのだ。

市之進がお城に登城するのを見送った菜々が居室に入ると、佐知はおかしそうに微笑んで、少しかすれた声で言った。

「旦那様もおっしゃっていましたが、わたくしからもお願いしますね」

「はい、おまかせください」

菜々はすぐに大きな声で応えた。佐知には元気よく返事をすることができるのだ。

頼まれたからというわけではないが、菜々はいままでより一層張り切って、掃除や洗濯、炊事に頑張った。ひとりで屋敷の中をきりきりと働いたが、少しも苦にならなかった。

夜になって床につき、明日もがんばろうと思うだけで、その日の疲れが薄れて元気が出てくる。ただ、心配なのは、佐知を診てくれた医師が、

「やはり労咳《ろうがい》であろう」

と帰りしなに言ったことだ。病に負けぬよう精のつくものを食した方がいい、と言い足し、私が取り寄せる唐渡りの人参などを服用すればずい分とよくなるが、十両ほどかかりますぞ、と聞こえよがしにつぶやいた。高価な人参を売りつけたいのだ。

市之進は医師の言葉に眉をひそめて、

「さようでござるか」

と素っ気なく答えた。医師が帰った後、病床にある佐知とひそひそ話をしていたが、その後、眉根を寄せたまま、書斎でいつものように書類を見ていた。

翌日、市之進は登城しない日だったが、早朝から家僕の甚兵衛を供にして出かけた。昼前には戻ったのだが、どことなく憂鬱そうな顔をしていた。

台所に水を飲みに来た甚兵衛に、それとなく聞いてみると、顔をしかめて吐き捨てるように言った。

「まったく田所様というおひとは不人情な方だ。旦那様は奥方様のために人参を買うお金を用立てて欲しい、と田所様にお頼みなすったのだ。先代の大旦那様がずい分とお貸ししたお金があったはずだから、それを少し返してもらうだけのことなのに、田所様は四の五の言って金を出し渋るのだよ」

「そうなんですか」

市之進の叔父で、日頃から威張り散らして佐知にも辛く当たる田所与六の顔を思い出して菜々は腹が立った。だがいまは、与六へ憤りを募らせるよりも、唐渡りの人参代の心配の方が先だ。

「旦那様は人参を買うお金の都合がおつきにならずお困りなのでしょうか」

菜々が眉を曇らせて訊くと、甚兵衛はため息をついた。

「なにせ、半知お借上げになってずい分たつからな。家中の方々は入るものがなくとも体面を保たなければならないから、手元不如意になるのは珍しくないだろうな。金のことだけはどうにもしようがないな」

菜々は母の五月が遺してくれた金子《きんす》のことを考えた。だんご兵衛さんのだんご代で少し減ったけれど赤村に住む叔父の秀平に預かってもらっている。あの金を用立ててはいけないだろうか、と思いついた。しかし、市之進が女中から金を借りるとは到底思えないし、そんなことを言い出しただけでお叱りを受けそうな気がする。

「なんとかならないんでしょうか」

菜々も甚兵衛と同じようにため息をついた時、市之進が台所に続く板の間に出てきて、

「菜々、ちと書斎に来てくれ」

と声をかけた。菜々はどきりとして振り向き、はい、ただいま参ります、と応えた。

市之進の後ろからついていきながら、なんのお話があるのだろう、と胸をどきどきさせた。ひょっとしたら、いましがた考えていたお金のことかもしれない。もし、貸して欲しいとおっしゃってくだされば、喜んでお貸しするのだけれど、などと思いつつ書斎に入ったが、そんな話ではないことが気配で察せられた。

市之進は前に座るよううながすと文机の上に置いていた木箱を取った。木箱の蓋を取り、中から黒い茶碗を出して菜々の前に置いた。

「これは、わたしの父が遺した黒天目《くろてんもく》茶碗だ。名のある茶人から頂いたそうで、五十両の値打ちがあると聞いておる」

市之進に言われて菜々はまじまじと茶碗を眺めたが、どう見ても不恰好で使い勝手も悪そうにしか見えない。ただ茶碗の地肌の黒色は深みがあって趣があるようにも感じられる。いずれにしても、市之進はこんな茶碗をなぜ自分に見せるのだろうと菜々は訝しく思った。市之進は咳払いしてから口を開いた。

「佐知のために高価な人参を買わねばならぬことは菜々も聞いておるであろう。残念ながら、わが家にはそれだけの蓄えがない。それで、この茶碗を質入れして人参代にいたそうと考えたのだが、武家は不自由なものでな、表だって質屋に出入りするわけにはいかぬ。それで、そなたにこの茶碗を預けるゆえ、持っていってはくれぬか」

「わたしが質屋へ参るのでございますか」

菜々は目を丸くした。城下に、品物を預ければ金を貸してくれる質屋というものがあると聞いたことはあったが、どこにあるのかも知らなかった。

「そうだ。城下の巴橋を渡ったあたりに呉服問屋や薬種問屋など商家が並ぶ一角がある。その並びに升屋《ますや》という質屋があるゆえ、そこにこの茶碗を持ってゆき、十両ほど用立ててもらってくれ」

市之進は淡々とした口調で言った。父親の形見を質入れしなければならないのは、武士として面目ないことだろう。にも拘わらず、市之進は何としても佐知のために人参を買いたいのだ、と思うと菜々は胸がつまった。

「わかりました。さっそく行って参ります」

菜々は力強くうなずいた。

市之進から質屋に行くよう頼まれた菜々は、昼餉の支度を早めにすませて佐知にお粥を持ってゆき、給仕をした後、市之進たちの昼餉の世話を甚兵衛に任せた。

それからすぐに黒天目茶碗が入った木箱を風呂敷に包んでしっかりと胸に抱え、

足もとに気をつけながら屋敷を後にした。

巴橋を渡った町屋のあたりは湧田町《わくだまち》だった。大店《おおだな》だけでなく、小店《こだな》も何軒か軒を連ねていた。升屋はその中では大店に入るのだろうが、黒地に白く升の字を染め抜いた暖簾《のれん》がかかっているだけで、ひっそりとしていた。

ひとの出入りを見かけなかった。さびれたように見えるのは質屋という商売柄なのだろうか、と店の前に立った菜々は思った。

すぐに店に入る気になれなかったのは、なんとなく暗くて、不気味な感じがしたからだった。店の前で少しの間佇《たたず》んでいると、

「駄目だ、駄目だ。金が返せなきゃ、質草は流れると決まっているんだよ。いまさら来たって遅いね」

女のどすの利いた声が聞こえてきた。続いて哀願するように若い男が訴えた。

「そんなことを言ったって、大工道具がなけりゃ、手間賃ももらえねえんだ。仕事に出れば金は返せる。頼むから道具をけえしてくれよ」

「だったら、最初から質入れなんかしなきゃいいんだよ。とっとと帰りな。商売の邪魔だ」

女が邪険に言い放って、ぴしゃりと叩くような音がした。しばらくすると若い

職人風の男が頬を押さえながらうつむいて出てきた。

その様子を見た菜々は恐くなったが、奥方様の病を治すための人参を購《あがな》うには、どうあっても十両借りなければならない。勇気を奮って店の土間に足を踏み入れたとたんに、帳場で髑髏《どくろ》が宙に浮いているのが目に入って、悲鳴をあげそうになった。

よく見ると白く染め抜いた髑髏の模様だった。店の帳場に緋色の長羽織を着た女がこちらに背を向けて座っている。長羽織の背中に髑髏の模様が白く抜かれていた。女は煙草盆を持ち、煙草を詰めた煙管に火を吸いつけているようだ。

女は煙草盆を置くと、煙管を手に煙をふっと吐きながら振り向いた。頬骨が出た目の鋭い三十すぎの女だった。皮膚が骨に張りついて見えるほど痩せていた。

「何の用だい。冷やかしならお断りだよ」

女がつっけんどんな応対をするのに構わず、菜々はためらいもなく帳場に近づいた。木箱を差し出して、

「このお茶碗で十両貸していただきたいのです」

ときっぱりと言った。女は目を剝いて、

「十両だって。そんな大金をあんたみたいな小娘が借りてどうするんだい」

「わたしが借りるんじゃありません。お仕えしている御主人様からお借りするようにと言われて来たのです」

菜々は懸命に女の目を見て言った。女は胡散臭いものを見るような顔をして木箱を受け取ると、蓋を開け、箱書きを確かめてから黒天目茶碗を取り出した。ためつすがめつしたあげく、

「こりゃあ、せいぜい二朱ってところだね」

なげやりな口のききようをする。

「そんな――」

「嫌なら持って帰りな。けどね、質屋ってのは金さえ返せば品物は戻るんだよ。金に困っているなら、二朱だけ借りて、すぐに返せばいいじゃないか」

「どうしても、十両のお金がいるんです」

必死になって菜々は言った。

「そんなことは、こっちの知ったことじゃないよ」

と言いながら、女は茶碗をそっと畳の上に置いた。その様子を見た菜々はとっさに茶碗をつかんだ。

「どうしてもお金がいるんです。お金にならない安物だったら、持って帰るのも

面倒だから、割った方がましです」

声を張り上げて、菜々は茶碗を土間に叩きつけようとした。女があわてて菜々の手をつかんだ。

「馬鹿、なんてことをするんだい。こんな上物を」

女の言葉を聞いた菜々は、茶碗を持って振り上げた手をそろりと下ろした。女の顔をじろりと見て、

「いま、上物って言いましたよね」

と抜け目のない顔で言った。菜々は女が茶碗を大事そうに置くのを見た時、本当は高価な茶碗だとわかっていると感じて芝居を打ってみたのだ。女はしまった、という表情をしたが、すぐに商人らしい口振りで訊いた。

「十両でいいんだね」

「はい、お願いします」

菜々は茶碗を木箱に納めて、ぺこりと頭を下げた。茶碗を割る芝居がうまくいってよかったと胸をなで下ろした。女は借用証文と預かり証文を書きながら、

「あんたははったりが利くようだから、女中奉公なんかするより、商売の方が向いているんじゃないのかい」

と機嫌を取るように声をかけた。

「そうでしょうか。わたしはいまのままお屋敷で働くのが好きです」

菜々は女が小判を取り出すのを真剣な目で見つめた。女は小判を数えながら、

「そんなものかね。わたしは、舟《ふね》って言うんだけど、もとは芸者だったのさ。だけど、この店の旦那に熱心に口説かれ、落籍《ひか》されて後添えになってね」

と話し出した。見かけによらず、話好きらしい。菜々は話しながら金を誤魔化すかもしれないと思って、お舟の手元から目を離さなかった。小判を一枚一枚重ねる間もお舟はしゃべり続けた。

「ところが、後添えになってほどないころに旦那が死んじまってね。店を畳もうかって話になった時に、どうせなら、わたしがやってみようかって気になったんだよ。それが五年前のことさ。それから商売を一から学んで懸命に励んできたんだ。いまじゃ升屋のお舟って言えば、城下でも名の通った金貸しさ」

お舟があまりにも自慢したそうなので、菜々も少しばかり腰を据えて話し相手をする気になった。

「どうして髑髏模様の羽織を着ているんですか」

「これかい。薄《すすき》の原《はら》のしゃれこうべは、ひとはいつかはこうなるってお坊さん

の教えなんだよ。女が質屋をやってると、馬鹿にして金をふんだくろうとする奴がいっぱい来るんでね。そんな奴を脅すためには、命がけで商売をやっているんだと見せつけるのが大事なんで、こんな気味の悪いのを着てるのさ」

お舟はにこりとして、きっちり十両入った包みと茶碗の預かり証文を菜々に渡した。いまの話を聞いて、菜々はお舟を少し見直す気になった。

(このひとも一生懸命生きようとしているだけなのだ。悪いひとじゃない)

そう思えたのが嬉しくて、また、ありがとうございますと礼を言いつつ頭を下げ、

——おほねさん

と親しみを込めたつもりで呼びかけてから外へ出た。

菜々は、小判をしっかり受け取らなければ、とそればかり考えていたから、お舟の話を上の空で聞いていた。だから、お舟の名を髑髏に通じる、おほね、と聞き違えた。

帳場でお舟は首をひねった。初めは聞き間違いだろうと思った。だが、たしかにあの娘は、おほねと言った。

(おお、嫌だ。お骨《ほね》だなんて縁起でもない。まるで骨壺に入ったような気がする

じゃないか）

やっぱり、娘が言い間違えただけだろう、と思った。まさか、お舟を、

――おほね
だと本気で思い込んだなどということがあろうはずはない。

「こんな馬鹿馬鹿しい心配をするなんて、どうかしてるよ」

お舟は頭を振って算盤《そろばん》を手にすると帳面つけを始めようとした。仮にあの娘が自分の名を間違えて覚えたからといって、どうということはないはずだ。

茶碗を質入れに来ただけで、請け出してしまえば、それきり縁が切れて二度と会うこともないのだからと思おうとするのだけれど、あの娘はなんだか気になってしまう。お舟は、菜々が出ていった戸口に目を遣ってしまうのだった。

そのころ、菜々はお舟の懸念も知らず、十両の包みをしっかり両手で握り締め、風早屋敷へと一目散に駆けていた。

人参があれば、奥方様はきっと元気になってくれる、と固く信じていた。

八

菜々の願いが通じたのだろう、医師から買った人参の薬湯《やくとう》を飲むようになってから、佐知は日に日に顔色がよくなってきた。まだ床を離れるまで回復したわけではなかったが、ひと月が過ぎて、梅雨に入るころには、咳もおさまり、食も進むようになった。

(これでもう大丈夫だ)

そう思った菜々は、心楽しく家事に励んで日を送っていた。正助ととよも佐知が快方に向かっているのがわかるらしく、以前のように元気に遊び回った。

風早家にようやく笑顔が戻ってきたが、市之進は相変わらず城から下がるのが遅く、若侍が屋敷に集まって話し込んでいく日も増えた。

客の世話をするのは苦にならないが、客が来ると佐知があれこれと心配りして気疲れしてしまうのがわかる菜々は、訪れる客に無愛想になっていった。

かつて客間で菜々のことが話題になった際、

「明るくてよい娘だと存ずる」

とかばってくれた桂木仙之助は、菜々の変わりようが気になるらしく、話し合いの際中に座敷から抜け出し、台所にいた菜々に、

「近ごろ機嫌が悪いようだが、何かあったのか」

と思い切ったような様子で声をかけてきた。仙之助は市之進を尊敬して、非番の日にひとりで訪ねてきたおり、菜々と言葉を交わすこともあっただけに案じていたのだろう。あなたたちが来ると奥方様の養生に障ります、とはっきり言いたかったが、さすがに口にするのも憚られて、

「何もございません」

とうつむいて答えるだけだった。

「そうか、ならばよいが」

整った顔立ちの仙之助はうなずきながらも、なぜか頬を赤く染めた。

菜々はおかしなひとだと、わずかな間、思いはしたものの、仙之助がどうして赤い顔をしたのか気にはしなかった。

薬湯を持っていった菜々は、いましがたあったことを佐知に話した。すると、

佐知は微笑んで、

「心配してくださる方がいるのはありがたいことです。そんなにつれなくするものではありませんよ」

とさりげなく言葉をかけた。菜々は首をかしげて、

「でも心配していただく謂《いわ》れがないように思えます。どうしてそのように心配してくださるのか、わたしにはさっぱりわかりません」

と小さい声で答えた。仙之助は屋敷を訪ねてきたおり、何度か声をかけてくれた。言葉をかけられて嫌な気はしないのに、素っ気ない素振りをしてしまったのが、自分でも不思議だった。

「謂れがなくとも、ひとは誰かのことを案ずるものです。菜々はこの家に仕えてくれていますが、その謂れだけでこのように懸命に看病をしてくれているわけではないでしょう」

懇切な佐知の言葉を聞くと、その通りだと思うのだけれど、なぜ、自分がそうまで素っ気なくしてしまうのか、やはりわからない。

「申し訳ございません。わたしにはよくわからないようでございます」

正直に自分の気持ちを菜々は口にした。佐知はゆっくり頭を振って、

「謝ることはありません。謂れがなくても心配してしまうのは、相手との間に絆があるからです。ひとは絆にすがって生きていけるのだと思います。菜々にもいつか、そんな絆が目に見える日がくるでしょう」

と諭すように言い添えた。絆とは何だろうと思いつつ、菜々はまた佐知から大事なことを教わったという気がした。この家に仕えている間に、もっといろんなことを教えてもらえるのではないだろうか。それがとても幸せなことなのだとは菜々にもわかっていた。

若侍たちが集まった翌日、菜々は使いに出たついでに壇浦五兵衛の屋敷を訪れた。

佐知の看病に追われて、剣術の稽古にはしばらく通えないが、約束した稽古の回数は帳消しではなく、先のばしするだけだ、と言っておかなければと思ったのだ。五兵衛は少し呑気な人柄に見受けられる。念押しをしておかないと忘れられかねない。

屋敷を訪ねると、五兵衛は相変わらずひとりで道場の雑巾がけをしていた。下僕は腰痛がまだ治っていないのだろうかと思ったが、訊けば掃除を手伝えと言われそうな気がして口をつぐんだ。道場に上がって、稽古に来ることができないので日延べをしてもらいたいと話すと、五兵衛は浮かぬ顔で聞いていたが、菜々が話し終わるなり、

「そなた、風早という家に仕えておると、先日申しておったが、ひょっとして風早市之進殿のところか?」

と訊いた。菜々は怪訝な顔をして五兵衛に目を向けた。なにしろ、ちょっと油断している間にだんごを二十皿も食べてしまったひとだ、旦那様に何か無心でもするのではなかろうか、と警戒する気持ちが湧いたのだ。答えるのを迷ったが、嘘をつくわけにもいかないから、

「さようですが」

としぶしぶ答えた。すると、五兵衛は膝を乗り出した。

「やはり、そうか。実は城中で気になる噂を聞いてな――」

「どんなことでしょうか」

「御家のことゆえ、軽々しく口にするわけにはいかぬが、どうやら、風早殿は御重役方、いや江戸におわす大殿様のご不興を買っておるようだ。されど、藩内の平侍たちは皆、風早殿を支持しておるらしい。つまるところ、風早殿は改革派の

頭目で、古くからの方々に睨まれておるというわけだ」

「そうなのですか」

菜々は驚いて目を丸くした。風早家に若い藩士が度々集まるから、不穏な空気があるのは感じていたが、そんなに大変なことになっているとは思ってもいなかった。五兵衛はもったいぶるように、あたりを見回してから、

「まあ、どこの藩にも揉め事はあるものでな。それだけのことなら、わしが何も申すことはない。ただ、気になるのは江戸詰めから国許に戻った轟平九郎なる男が、大殿の意を受けて動いておるらしいことだ」

「轟平九郎――」

菜々は息を呑んだ。ここで父の仇の名を聞こうとは。五兵衛に剣術を習うことを思い立ったのも、いつか仇討ちをしたいがためだった。

「なんだ、そなたは轟殿を存じておったのか」

五兵衛はじろりと菜々の顔を見た。菜々は頭を振って、

「いえ、一度、お客様でお見えになった方がそんなお名前でしたから」

と急いで誤魔化した。

「そうか。風早殿の屋敷を訪れたことがあるのか。それはいよいよもって危な

い」

「なにが危ないのですか。教えてください」

「轟は剣呑な男だ。おそらく、いままでに何人も斬っておろう。わしは昔、あの男によく似た剣客と果たし合いをしたが、卑怯極まりない塡《は》め手を使いおった。油断するととんでもないことになるぞ。そうわしが申したと、それとなく風早殿に伝えるがよい」

「でも、わたしはこちらに来ていることは内緒にしているのです」

菜々は困惑してうつむいた。五兵衛から聞いたことを市之進に伝えた方がいいと思うが、そうすると、剣術の稽古をしていることがばれてしまう。

「そんなことはおのれで考えろ。たまたま道で出会ったとか何とか申せばよかろう」

五兵衛は考えるのが面倒なのか、粗っぽい言い方をした。このように大事な話をたまたま道で会ったひとから立ち話で聞いたりするわけがないのに、と菜々は胸の内でつぶやいたが、それよりも訊いてみたいことがあった。

「その轟様とわたしが立ち合って、勝つことができるでしょうか」

いきなり菜々に問われて、五兵衛は口をぽかんと開けた。しばらくして頭を振

ると、

「何を馬鹿なことを申しておるのだ。昨日や今日、剣術の稽古を始めたそなたが歯の立つ相手ではない。藩内で轟と立ち合って勝ちを制することができるのは、おそらくわしひとりであろう」

五兵衛は少し胸を張って言った。


この日の朝方は梅雨の晴れ間で陽が射していたが、昼過ぎから雲が空を覆い始めていた。菜々が五兵衛の屋敷を出て帰り路《みち》をたどるころには、怪しげな黒雲が低く垂れ籠めていた。

夕立になりそうだ、と思って菜々は急ぎ足になった。やがて見えてきた屋敷の門前には、ふたりの男が立っていた。

桂木仙之助と甚兵衛だった。ふたりは心配げにあたりを見回している。何事が起きたのだろうかと足早に近づくと、仙之助がほっとした顔になった。

「どうなさったのですか」

「大変なのです。ご城下に狂犬《たぶれいぬ》が出たのです」

仙之助が青ざめた表情をして言った。

「狂犬とは恐ろしいですね」

菜々はぞっとした。〈たぶれいぬ〉とは狂犬病に罹った犬のことだ。狂犬に嚙まれると、ひとは、

——口渇引水《こうかついんすい》し、妄言狂躁《もうげんきょうそう》、狗叫《いぬきょう》の如し。其の証《しょう》奇怪、名状《めいじょう》すべからず

という症状を起こすと伝えられている。そのまま死ぬこともあると菜々は聞いていた。狂犬が出たとあっては、正助やとよを表に出すこともできない。甚兵衛に、

「坊っちゃまとお嬢様はもうお帰りでしょうか」

と訊いた。それが、と言いかけて甚兵衛と仙之助は困惑したように顔を見合わせた。

「どうしたのですか」

菜々は不安になって、ふたりの顔を交互に見た。仙之助が具合悪そうに、

「このあたりを狂犬がうろついていると聞いたものですから、急いでお知らせにあがったのですが、お子様方は遊びに出ておられると、いまうかがったところなのです。甚兵衛さんは間もなく風早様がお城を下がられる刻限で、お供を務めに参らねばならぬゆえ、どうしたものかと奥方様におうかがいを立てたのですが」

仙之助が言葉を切ると、甚兵衛が後を引き継いで語った。

「奥方様は、ご自分でお子様方を捜しに行くと仰せになって起き出され、出ていかれてしもうて」

「まさか、あのお体で外へ出てゆかれたのですか。それも狂犬がうろついているのに」

菜々は信じられなかった。病身の佐知が子供たちを捜しにゆくと言うのを止められないとは、何というひとたちなのだろう、と怒りが湧いた。仙之助がすまなそうに話を続けた。

「わたしが捜しに参りますと申し上げたのだが、奥方様は子供たちがどこで遊んでいるかわかるのはわたくしと菜々だけですから、とおっしゃるのです」

「わしもお止めしたのだが、子供たちを守るのは母親の務めだからと言われるばかりでな」

甚兵衛も弱り切った顔で告げた。

いけないのは、わたしだ。外出などしなければよかったのだ、と菜々は後悔した。だが、後悔する暇があったら、正助ととよが遊んでいる場所を考えた方がいい。子供たちの遊び場所を思い浮かべていくと、大嶽《おおたけ》神社の銀杏《いちょう》の木のあたりだ、とひらめいた。

その時、雨がぽつり、ぽつり、と降り出した。はっとして、

「奥方様は傘をお持ちでしたか」

と甚兵衛に訊いた。うろたえた甚兵衛は首を横に振った。もうすぐ本格的に夕立が来そうな気配だ。佐知が雨に濡れてしまう、と考えた菜々はとっさに屋敷に駆け込んで大きな唐傘を二本手にして、大嶽神社に向かって走り出した。

「菜々殿、わたしも参ろう」

仙之助が後ろから声をかけたが、菜々は振り向いて、

「桂木様はここにいてください。行き違いになって、お子様方だけで戻ってこられたら、狂犬から守っていただきたいのです」

と大きな声で言うと、そのまま脇目もふらずに駆け出した。雨脚はしだいに強くなっていく。たちまちのうちに道がぬかるみ、水溜りに足を取られる度に水《みず》飛沫《しぶき》が上がった。だが、菜々は唐傘を差すこともなく、腋に抱えて走った。泥を撥ね飛ばして、必死の思いで駆けた。

やがて、銀杏の木がそびえる大嶽神社が見えてきた。雨は止んでいた。境内に駆け込んだが、誰もいない。ちらりと赤い物が動いたような気がして目を遣ると、

銀杏の大木の根もとに、赤い着物を着たとよと正助と、そして佐知が立っていた。佐知は青ざめた顔に緊張した表情を浮かべている。じっと立ち尽くして何かを見つめている。素早く近づいて、

「奥方様――」

声をかけた菜々は、どきりとして言葉を呑んだ。大木に隠れて見えなかったが、佐知たちの前に大きな茶色い犬がいるのだ。獲物を狙うように目をぎらつかせてうなり声をあげ、佐知たちのまわりをうろついている。口から大きな赤い舌をたらし、泡を吹いていた。

（狂犬だ――）

佐知たちを救うにはどうしたらいいかと考えた菜々は、ためらわずに犬に近づき、手に持っていた唐傘の一本を犬に向かって投げつけた。唐傘は犬の背中に当たった。犬は飛び跳ねて吠《ほ》え回り、菜々に吠えかかってきた。

「菜々、危ない。逃げなさい」

佐知が叫ぶが、菜々は頭を振って、唐傘の柄を両手で握り、木刀を構えるように前方に向けた。赤村にいたころ、山犬と山道で出会ったおりのことを思い出していた。あの時は棒きれをめちゃくちゃに振り回し、地面の石を拾って投げつけ

たら山犬は逃げていった。

だが、狂犬相手ではそううまくはいかないだろう。こちらの喉を狙って飛びかかってくるに違いない。恐ろしさで足が震え、頭の中が真っ白になった。それでも、ここで、自分が逃げたら佐知や子供たちが狂犬に嚙み殺されてしまうと思った。

（そんなことはさせない）

佐知と正助やとよを守るのは自分の役目なのだ。佐知が、

「女子は命を守るのが役目であり、喜びなのです」

と教えてくれたことが菜々の胸の内にあった。風が強く吹き始めた。狂犬は息荒く菜々のまわりをうろつきまわっては、また佐知母子《おやこ》のそばに寄って隙をうかがう風だ。やがて、ぴたりと動きを止めた。どうやら、菜々へ狙いを定めたようだ。

いまにも飛びかかってやろうという目つきになっている、と菜々にはわかった。どう構えたらいいのだろう、と懸命に考えた。五兵衛が一度、見せてくれた〈燕飛〉や〈猿飛〉、〈円之太刀〉などの形を思い浮かべたが、狂犬相手では役に立ちそうもない。

やっぱり、だんご兵衛さんが教えてくれたことは用をなさない、と胸の中でつぶやいた時、最初の稽古のおりに、

「弱い者が強い者を相手にした時、斬ろうとしても斬られるだけだ。できることは突きだけだ。突けば、たとえ相手に斬られても相打ちにできるかもしれぬ」

と言った言葉が頭を過《よぎ》った。続けて五兵衛は、

「ただし、突くのは防禦をせず、相手に自らの体をさらすのだから勇気がいる。突きの一手は勇気があってこそ相手を倒せるのだ」

ともつけ加えた。

（勇気がありさえすればできるんだ）

と思うと同時に、菜々の足の震えが止まった。佐知と子供たちを救うためには、勇気を振り絞らねばならない、そう自分に言い聞かせる。

犬がじわりと近づいてくる。気味悪く泡を吹いて苦しそうに荒い息を吐き、口から舌をだらりと垂らしている。噛みつこうと大きく開けた口に傘を突き刺すしかなさそうだ、と短い間に菜々は思った。

ひと際、高い鳴き声をあげた犬が、地面を蹴って菜々に飛びかかってきた。瞬間、菜々は踏み込んで、

――勇気

と心で念じ、思い切って傘を突き出した。凄まじい衝撃が手から伝わってきたが、菜々は目を閉じたまま、傘の柄を握った手を離さず、力を加えた。

不意に手が軽くなったので恐る恐る目を開くと、傘の柄が折れ、先端を咥えた犬が仰向けに地面に倒れて動かなくなっている。

菜々が大きく息をついて、母子三人に目を向けた時、佐知はゆっくりと地面に頽《くずお》れた。

「奥方様――」

菜々は駆け寄って佐知の体を抱きかかえた。佐知の体は、燃えるように熱くなっている。

「母上――」

「ははうえさま」

正助ととよが泣きながら佐知にすがりついた。

「奥方様、しっかりなさってくださいませ。女子は命を守るのが役目だと仰せだったではございませんか。病に負けずに、お子様をお見守りになるのは奥方様のお役目です」

菜々は佐知の体を抱えあげながら、涙が止まらなかった。

佐知はこれほど病が重いにも拘わらず、身を挺して子供たちの命を守ろうとしたのだ。母としての強い心ばえに菜々は心を深く揺り動かされていた。

九

菜々から家で待つように言われたが、待つほどに不安が募った仙之助が、大嶽神社にいた菜々たちを捜し当てた。菜々はひとりで佐知を抱えあげようとしていたが、仙之助が来たのを見て、

「お助けください」

と声をあげた。仙之助は傘を口に突っこまれた犬が倒れているのを見て、ぎょっとしながらもうなずいた。

雨はまた降り始めていたが、仙之助が佐知を背負い、菜々が犬に投げつけた傘を拾ってさしかけながら、屋敷に連れ帰ることができた。

甚兵衛から事の次第を聞いて早目に城から下がってきた市之進は、菜々が頭を下げ続ける傍らで仙之助から子細を聞いた。

「やむを得なかったことだ。誰にも咎はない」

落ち着いた声で言いはしたが、佐知の熱が下がらないことに市之進は憂慮の色を濃くしていった。駆けつけた医師も顔をしかめるばかりで、新たな薬を勧めはしなかった。

狂犬騒ぎの際にずぶ濡れになった佐知の病は再び重くなった。高熱が続き、食べ物が喉を通らないだけでなく、薬湯や茶を口にするのも苦しげな様子だった。

それでも、薬に頼るほか術はないのだ。

市之進は書斎の違い棚から、先日、質屋から請け出してきたばかりの黒天目茶碗が入った木箱を取って、菜々の前に置いた。

「すまぬが、また行ってくれないか」

市之進に言われて、菜々は、はい、とだけ短く答えた。

「今度は十両では足らないだろう。十五両を貸してもらいたいのだ」

眉をひそめて言う市之進に菜々は、

「おまかせください」

ときっぱり言って出かけた。市之進の望み通り、どうあっても十五両借りてこよう、と思った。急ぎ足で町筋を進み、ひと通りが多い巴橋を渡って、質屋の暖簾をくぐった時には思い詰めた表情になっていた。

帳場には相変わらず髑髏模様が入った緋色の長羽織を着たお舟が煙管を咥え、所在無げに算盤を弾いていた。菜々がつかつかと帳場に近づくとお舟は驚いて、

「どうしたんだい」

と訊いた。それから血相を変えている菜々の顔をまじまじと見た。菜々は黙って木箱の蓋を取って茶碗を手にし、

「十五両、お願いします」

と言った。お舟が顔をしかめて、

「そりゃ、無茶だよ。この間より多いじゃないか」

と言い返すと、菜々の目に涙が滲んだ。ここでお金を借りられなかったら、奥方様が亡くなってしまう、と思った。

「大切な方のお命が危ないんです。何としてもお助けしたいのです。お願いします」

思いの籠もった口調に気圧されたお舟は、

「今度だけだよ。次からこんなことは無しだからね」

とぶつくさ言いながらも金を出した。菜々は十五両を両手でしっかりと握り締めると、頭を深々と下げてから、表へ飛び出した。

(きょうは、おほね、と呼ばなかった)

お舟はほっとしたが、娘の顔色が悪かったことに加えて、ゆっくり話もできなかったのが心に引っかかり、なにやら物足りないような心持ちもするのだった。

十日ほどして熱はやや下がったものの、佐知はすっかり瘦せて、見るからに体の力が落ちているのがわかった。

看病する傍ら、菜々は、あの日、自分が外出したばかりに、佐知が正助ととよを捜しに行かねばならなかったことを詫びた。

佐知は苦しそうに息をしながらも微笑みを浮かべて、

「どうして謝るのですか。菜々がわたくしたちを狂犬から守ってくれたではありませんか。あの時の菜々は勇ましくて立派でした」

とやさしく言った。菜々はうなだれて、

「そんなことありません。恐くて傘を振り回しただけです」

と小さい声で言った。

「いいえ、あの行いは勇気がなければできないことです。あなたはやっぱり武士の娘ですね」

いきなり言われて驚く菜々に佐知は言い添えた。

「あなたの叔父様が見えた後で、手紙でお訊ねをしたのです。そうしましたら、あなたは故あって素性を隠しているが、父上は武士だったとお返事をくださったのです」

「隠し立てをいたしまして申し訳ございません」

菜々は身を縮めるようにして謝った。佐知に隠し事をしていたのが恥ずかしかった。何もかも話していればよかった、と思った。

「気にしなくてもよいのですよ。あなたは何かを背負って生きているのだろう、とは察していましたからね。それに、誰でもひとに言えない悩みや苦しみを負っています。菜々はそのことを知っているのだから、ひとにやさしくできると思いますよ」

佐知が言ってくれる言葉はいつも菜々の胸に沁みる。

（奥方様が見守っていてくださるだけで、わたしはきっとしっかり生きていけ

る）

日々その思いが強くなる菜々は、佐知の病状が重くなっていくのが気がかりで悲しかった。

正助ととよも、あの日、自分たちを守ろうと母が無理をして病の床を離れてくれたとわかっている。ふたりは祈るような気持ちで病が癒える日を心待ちにしているのだ。

それなのに、佐知がこのまま逝ったらどうしようなどと思い煩ってしまう自らの心を、縁起でもない、不吉なことを考えたら駄目だと菜々は叱りつけるのだった。

常に明るく、希望を持って生きるのです、と佐知はいつも諭してくれた。その教えを破らないように自らを戒めて、菜々は強いて笑顔を浮かべ懸命に働いた。

奥方様はきっと元気になってくださるに違いない。そう信じたかった。

甚兵衛に使いに立ってもらい、赤村の秀平に佐知の具合が悪いのでしばらく野菜をもらいに行けないと伝えた。すると二日後には宗太郎が野菜をいっぱい詰めた籠を担いで風早屋敷にやってきた。

「奥方様の具合がお悪いと聞いたから、お見舞いに持ってきた」

宗太郎は台所に入ってくるなり籠を下ろしながら言葉少なに言った。心が弱っていた菜々は、宗太郎の好意が嬉しくて、

「ありがとうございます」

と頭を下げた。宗太郎が少し照れた顔をして、そっぽを向き、

「先だってお邪魔した時、奥方様はおれたちにも隔てなくやさしく話してくださった。いい御主人に仕えることができて菜々は幸せだと思ったからな」

とぶっきら棒に言った。菜々は何度もうなずいて応じた。

「だから元気になっていただきたいと願ってるの」

菜々に向き直った宗太郎は、つぶやくように言った。

「菜々はやさしいな」

「よくしていただいているのだから、当たり前のことだよ」

「いや、菜々はとことんやさしい。だから心配になるんだ」

宗太郎は空になった籠を背に負いながら菜々の顔を見つめた。何か言いたげな宗太郎の目を見て、すぐに菜々はうつむいた。

赤村に戻って来い、と言われそうな気がした。いまはそんなことを言われても、

とても考えられはしない。それは宗太郎もわかっているはずだけど。

「おれは、菜々がやさしすぎて、どこか遠くへ行ってしまうんじゃないかと心配なんだ」

「どうしてそんなことを言うの。わたしはこのお屋敷でずっとお仕えするつもりだから、遠くへなんか行かない」

「もし、このお屋敷にいられなくなったら、どうするんだ」

宗太郎は真剣な表情をして訊いた。

「いまは何を言われても考えられないよ」

「行くところがなくなったら、赤村に帰ってくるといい」

おれは待っているからな、きっとだぞ、と言い残して宗太郎は帰っていった。

宗太郎がなぜ急に、あんなことを言い出したのか、菜々にはわけがわからなかった。考えたくないけれど、もし悲しいことがあったら、その時、自分はどうするのだろう。

宗太郎が待つ赤村へ戻るのだろうか。答えが見つからないまま菜々はあわただしい日々を過ごしていた。

すでに初夏になっていた。朝方、洗濯をした後、庭を掃いていて露草を見つけた。かわいらしい藍色をした花弁の花を見ると、心がふっとなごんだ。一年前に風早屋敷に奉公にあがった翌日、庭先で佐知と一緒に露草を眺めたことがあったのが思い起こされた。あの日、佐知は露草には、

――螢草
という別の呼び名があると教えてくれた。佐知は螢草を儚げな花だと言っていた。そして和歌では露草を月草とも呼ぶと教えてくれた。露草を見るとあの日のことを思い出す。

庭で露草を見てしばらくたったころ、菜々が台所で水仕事をしていたおり、佐知が部屋に来るよう告げた。何の用事かと行ってみると、佐知は書物を広げて菜々に見るよう勧めた。

和歌がいっぱい書いてあるらしいが、菜々は和歌を学んだことがないので戸惑った顔をしていると、佐知は指差して、

「ここを読んでごらんなさい」

と言った。菜々は、たどたどしく声に出して読んだ。

月草の仮《かり》なる命にある人をいかに知りてか後も逢《あ》はむと言ふ

という和歌だった。万葉集に作者未詳としてある歌だという。

「庭の露草は螢草とも月草とも呼び名があると話しましたが、これは月草を詠《うた》っていますから、露草の歌でもあるのです」

佐知はそう言って、和歌の意味をよくわかるように説いてくれた。

露草の儚さにたとえ、わたしには仮初《かりそ》めの命しかないことを知らないのだろうか、後に逢おうとあの方は言っているけれど、という意味だという。

菜々がいまひとつ意味をつかみかねて首を傾げると、佐知は微笑んで、

「一夜の逢瀬を重ねた後、女人《にょにん》が殿方から又会おうと言われた際に、わたしは露草のように儚い命なのに、また逢うことなどできるのだろうか、と嘆く心を詠った和歌かもしれませんね」

佐知が説いてくれる話を聞いて、菜々はせつない心持ちがした。

「菜々にはまだ早いかもしれませんが、ひとは相手への想いが深くなるにつれて、別れる時の辛さが深くなり、悲しみが増すそうです。ひとは、皆、儚い命を限られて生きているのですから、いまこのひとときを大切に思わねばなりません」

佐知にそう言われて、なぜか目に涙が滲んできたことが脳裏によみがえった。

（あのおりは、なぜ涙が出そうになるのかわからなかったけれど、いまはわかる気がする）

菜々には佐知が儚い露草であるように思えた。そっと手を伸ばして露草に触れてみた。ひんやりとした手触りが生きている清々しさを感じさせる。

菜々は露草に触れながら、いつの間にか泣いていた。

佐知の容態がさらに悪化したのは、秋に入ったころだった。

庭先で鈴虫が鳴く夜、風早家はひっそりと静まり返った。蠟燭《ろうそく》の明かりが照らす部屋で、重篤に陥った佐知が臥す枕頭《ちんとう》に市之進が座り、傍らに正助ととよも並んでいる。菜々は四人の家族を見守るように少し下がって控えた。

正助ととよが時おり、

——母上

と呼びかけると、佐知はうっすらと目を開け、弱々しく微笑してふたりを見つめた。それから、菜々に目を転じて、痩せ細った白い手をおぼつかなく差し出した。菜々がにじり寄って佐知の手を取り握り締めると、

「菜々、わたくしはあなたが妹のような気がして、いとおしく思っています。わたくしは、旦那様と子供たちを、守りたいと常に念じてきましたが、もはやそれはかないそうにありません。ですから、あなたに頼みます。旦那様と子供たちを守ってください」

佐知は切れ切れのか細い声で懸命に言った。菜々は涙ながらに、

「そんな悲しいことはおっしゃらないでください。奥方様はきっとお元気になられます」

と訴えた。佐知はかすかに頭を横に振って、

「もうすぐ命が尽きると不思議にわかるのです。それゆえ、最期の願いをあなたにお頼みするのです。引き受けてくれますか」

佐知の目からひと筋の涙が流れ落ちた。それを見た菜々は、

——必ず、必ず

と繰り返し言った。菜々の言葉が聞こえたのか、佐知は安心した面持ちで、子供たちに目を遣り、

「正助、とよ、父上と、菜々の言うことを、よく聞いて、いい子にするのですよ」

語尾を震わせて声を振り絞り、佐知はふたりの子供に言葉を遺した。すでに見えないのか、うつろな目を市之進に向けて、

「市之進様――」

夫の名を呼びつつ、佐知は目を閉じ、静かに息を引き取った。市之進も、佐知――、と妻の名を呼び、がくりと肩を落とした。正助ととよは佐知に取りすがって泣きじゃくった。

菜々は号泣した。

秋の夜が更けてゆく。鈴虫が佐知の命を惜しむかのように、ひと際、哀切な鳴き声を響かせた。

十

佐知を失い、悲しみに包まれた秋を送った風早家のひとびとは、寂しい年の瀬を迎えた。

佐知の葬儀をすませ、あわただしさが一段落したころから、とよが夜泣きをするようになった。泣き声が聞こえるたびに菜々は床を出て子供部屋に行き、とよを寝かしつけた。正助も眠れないらしく心細げな顔をして起き上がり、菜々のそばに座ってとよを慰めた。

ふたりをなだめつつ三人で川の字になって寝る日が多くなっていった。菜々にしてもふたりと夜を過ごせば寂しさが紛れた。

ひとりで横になっていると自然に佐知の面影が浮かんできて涙が止まらなくなってしまう。気がつけば目を泣き腫らして朝を迎えてしまうことがしばしばだった。それに三人寄り添っている時は、どこかで佐知が見守っていてくれる気がして、なおのことふたりのそばを離れられなかった。菜々の床を並べて敷くと安心したような顔をしてとよが、

「母上はいまどうしていらっしゃるの」

と訊く。菜々がやさしく微笑んで、

「お空の上からおとよ様を見ていらっしゃいます」

と答えると、正助がとよに顔を向けて話しかける。

「いつまでも泣いてばかりいると、母上が悲しまれるぞ」

「わたし、泣いてなんかない」

意地を張って言うとよの目は、もう涙がこぼれそうになっている。頬を伝う涙を袖でふいてやりながら、菜々は、

「奥方様は、正助様ととよ様がお元気でいらっしゃるのを喜んでおられると思いますよ」

と言い添えた。菜々の言葉を聞いたふたりは、

「母上は笑っていらっしゃるよね」

「やさしいお顔でにっこりなさっている」

とまるで佐知が目の前にいるように口に出した。菜々もふたりと語り合ううちに、身近なところで佐知が微笑んでくれている様が目に浮かんでくるような気がしてきた。

「そうですとも、奥方様はお幸せそうにおふたりを見つめていらっしゃいます」

菜々はつぶやきながら眠りに落ち、子供たちも寝入ってしまうのだ。

慰め合って日を過ごし、ひと月がたった。

霜柱が立つころになって、自分や子供たちがこれほど悲しい思いをしているのだから、市之進が胸に抱く寂しさはどれほど深いだろうと改めて思った。

葬儀の時も初七日も、市之進は常と変わらぬ素振りで親戚や弔問客に応対していた。その様子を見て、市之進には佐知を悼む気持ちが薄いのだろうか、と訝しんだこともあった。だが、佐知が心から慕っていた市之進は、そんなひとであるはずがないと思い返した。

朝夕の食事のおりなど、ふとした際に佐知が座っていたあたりに市之進は目を向ける。そして口を開きかけて、はっとしたように眉を曇らせることがある。佐知に話しかけようとして、いないことに気づき、胸を突かれるのではないだろうか。

そんな父の姿を見て幼心に心配したのだろう、とよが朝の膳に向かったおりに、

「父上は、おさびしゅうございますね」

と突然、おとなびた口調で言い出した。市之進は穏やかに訊いた。

「なぜ、そう思うのだね」

とよは手をきちんと膝の上に置いて、

「わたしは、兄上や菜々がお話の相手になってくれます。でも、父上はお話を聞いてくれるひとがいませんから」

と言い、ゆっくりと茶碗を手に取った。その仕草をいとおしそうに見つめなが

ら、市之進は苦笑して口にした。

「そうだな、わたしには話し相手がもういないのだな」

すると、正助が、

「わたしたちは、さびしくなったら菜々と一緒に寝ています。父上もそうなされればよろしいではありませんか」

と無邪気な表情で口に出した。菜々はとんでもないと思って、あわてて声をかけた。

「坊っちゃま――」

女中の身で主家《しゆけ》の子供たちとひとつ部屋で寝るなどおこがましい、と市之進から叱られるかもしれない、と体をすくめた。だが、市之進は微笑んでうなずいた。

「ふたりとも菜々にやさしくしてもらってよかったな。しかし、父はおとなだから、さびしくても辛抱しなくてはならないのだよ」

市之進の言葉を聞いて、叱られずにすんだ、と菜々はほっとしながらも、なぜかしら恥ずかしくて顔が火照《ほて》るのを感じた。どうしてそんな風に恥ずかしく思うのかはわからなかったけれど、いつの間にか市之進の寂しさを自分が慰めることができたらいいのに、という思いが胸に湧いていた。

家僕の甚兵衛は通いだったから、朝夕の食膳は四人で囲む。その度に佐知のいない寂しさが身に沁みて、だからこそ、おたがいの気持ちを慰め合おうとして心が寄り添っていくのだろうかとも思えた。

いたわりあって暮らす生活をずっと続けられるのなら、寂しくはあっても、胸は満たされる気がする。そんなことを思い巡らせていたからか、菜々は、甚兵衛に、

「旦那様はこれから、どうなさるのでしょう」

と思わず訊いてしまった。甚兵衛はしばらく黙って考えていたが、

「いずれ、後添いをおもらいになられるだろうな。お子様方がお小さいのだし、男親だけというわけにはいかないだろうから」

と淡々と言った。菜々は、なんとなくがっかりしたが、それがなぜなのかはわからなかった。

「そうでしょうね」

つぶやくように言う菜々の顔を、甚兵衛はちらりと見てからそっぽを向いて、

「夢みたいなことは考えん方がいいぞ。辛い思いをするだけだからな」

とさりげなく口にした。菜々が、どんな意味で言われたかわからなくて戸惑っ

た顔をしていると、甚兵衛は、

「わからんのなら、その方がいい。だけど女ってえのは、ある日、急に変わるからな。ちょうど蛹が蝶に変わるみたいにな」

と苦笑いした。甚兵衛が一体何を言いたいのだろうかと菜々は首をかしげた。

ただ、蛹が蝶に変わるという言葉を聞いて、赤村で見かけた光景を思い出した。

幼いころ菜々は村の子供たちと隠れ鬼の遊びをしていて、灌木の茂みに隠れたことがあった。鬼に見つからないように茂みを押し分けて足を入れようとした時、目の前の枝に蛹がくっついているのが見えた。

じっと見ていたらゆっくりした動きで透明な蝶の羽らしいものが少しずつ出てきた。息を詰めて眺めるうちに、大きな揚羽蝶《あげはちょう》がじわりと蛹から出てきた。わっ、と声をあげそうになって、あわてて口を押さえた。揚羽蝶はしばらく枝に止まったままだったが、不意に羽を広げたかと思うと、あっという間に飛び立ってしまった。

あの時の驚きと、夢のように美しいものを目の当たりにしたというときめきは、忘れられずに心に残っていた。わたしも、あんな風に変われる時が来るのだろうか、と菜々は甚兵衛の話を聞いてから、しばらくはそんなことを思いめぐらせていた。

甚兵衛がそれとなく言い聞かせたことに気づいたのは、佐知のいない新年を迎え、庭の梅がほころび始めるころだった。井戸端でせっせと洗濯をしているところに、梅のほのかな香りが漂ってきた。菜々は手を休めて梅の枝に目を遣った。梅の香りが佐知を思い起こさせるのはなぜなのだろう、と考えていた時、表で訪いを告げる声がした。

男のだみ声が聞こえたのに続いて、けたたましい女の声が響いた。騒々しさだけで田所与六と滝の夫婦だとわかった。

田所夫婦は佐知の葬儀にちょっと顔を出しただけで、面倒な事は御免だと言わんばかりに風早家から遠ざかっていた。それでやれやれと思っていたのに、いまごろ何の用があって来たのだろうか。

菜々はうんざりしながら、洗濯物を手早く干して台所に入った。案の定、甚兵衛がやってきて、田所夫婦が来たことを告げた。

「客間に茶をお出しするようにと旦那様のお言いつけだよ」

菜々は、わかりましたとうなずいて、茶の支度をしながら、

「田所様は、何のご用事なのでしょう」

と訊いた。甚兵衛は苦い顔をして、

「なにせ、慎みのない方たちだからな。玄関先で何だかだと大声で話していたよ。どうやら、旦那様に縁組の話を持ってこられたようだ」

「縁組を、ですか」

菜々はどきりとして、胸が騒いだ。

「そうなんだ。奥方様の一周忌もすまないうちに旦那様がお受けにならないのはわかりきっているのに、押し付けようという腹だろう」

甚兵衛は頭を振りつつ、薪割りでもするつもりか勝手口から出ていった。菜々は、落ち着かない心持ちになるのをなだめつつ茶を淹れた。

市之進に縁談が持ち込まれたと聞いて胸が騒いだのは、佐知が亡くなって間もないのに、そんな話を持ってくる田所夫婦に腹が立ったからだ、と思った。

だが、それだけでは割り切れない哀しみが、胸の内にあると感じ取ってもいた。田所夫婦が勧める話はともかく、いずれ市之進は後妻を迎えるだろう。そうなれば佐知の思い出は市之進の胸から薄れてしまうのだろうか。それは嫌だった。市之進には佐知のことをいつまでも覚えていて欲しい。

そして、正助ととよにも、もう少し静かな時間をあげたかった。

あれこれ頭を悩ましつつ茶碗を盆にのせて台所を出た。廊下に座り、盆を置いて襖に手をかけようとした時、中から与六の声が聞こえてきた。

「なに、半年もたっておらぬゆえ、まだ早いというのか。だからと申して、遠慮することはあるまい。武士の家は奥を取り仕切る女房がおらぬでは一日ももたぬぞ」

続いて滝がまくしたてる。

「さようでございますとも。何といってもこのお話のお相手はご家老様の遠縁にあたる方なのですよ。なるほど、一度、嫁がれて不縁になられた方ではありますけれど、こちらも再縁なのですから贅沢は言っておられません。なにより、このご縁につながれば市之進殿の出世は疑いなしでございます」

市之進がうんざりした声で遮った。

「いや、わたしは出世など望んでおりませぬ、何より、いまは亡き妻の菩提を弔いたい思いがあるだけでございますれば」

「そうは申しても、死んだ者は生き返りはせぬ。生きている者は、死んだ者のことなど早う忘れて楽しゅう暮らすことを考えればいいのだ」

与六が無遠慮に言った時、菜々は失礼いたします、と声をかけて襖を開けた。

与六と滝にじろりと睨まれながらも、平気な顔で三人の前に茶を置いた。

与六は舐めるように上から下まで菜々を見回し、滝も菜々の挙措に目を光らせている気配があった。

菜々が手をついて頭を下げ、廊下で膝をつき、襖を閉めたとたんに、さっそく与六の声がした。

「やれやれ、あの腰つきではどうやら、あの女中はまだ生娘《きむすめ》のようだな」

「さようでございますね。山出し娘はいっこうに垢抜けませんが、佐知殿はどのような躾をなされていたものやら」

滝がほっほっと高笑いした。

盆を胸に抱えて立ち上がろうとした菜々は、頭がくらくらしそうになるほど憤りが込み上げた。自分のことを言われるのは我慢もできるが、佐知を引き合いに出されたのが口惜しかった。すぐに、市之進が静かに言葉を返した。

「おふたりともお言葉が過ぎましょうぞ。菜々はよい娘でございますれば、わたしは気に入っております」

切り返された与六と滝は黙りこんだが、しばらくして、

「やはりな」

と与六が言うのに滝が言い足す。

「案じていた通りでございますね」

「何をおっしゃっておられるのかわかりかねますが」

市之進が嫌気が差した口振りで応じると、与六は茶を啜る音を立ててから、

「妻を亡くした後に屋敷内に若い女中がおると、つい手をつけてしまう男は多いのだ」

と声を低めて言った。

「叔父上、わたしはさようなことはいたしませぬ」

「わかっておる。さきほども言ったではないか。いましがたのあの女中の様子を見れば、まだ生娘であることはわかる。しかし、これからはわからんぞ。独り寝のさびしさについ、ということがあるからな」

市之進がため息をついて黙り込むと、滝が横合いから口を挟んだ。

「そうなのですよ。それで、揉め事になった家をわたしは何軒も知っております。ですから、さようなことになる前に、此の度のお話を持って参ったのですよ。もっとも、市之進殿が、あのような山出し娘に思し召しがあるなどとは思っておりませぬが」

滝がまたほっほっと笑うのを耳にして、菜々はこれ以上、聞いてはいけないと思い、襖の前をそっと離れた。

台所に戻ると同時に、しゃがみこんでうつむいた。先日、甚兵衛が「夢みたいなことは考えん方がいいぞ。辛い思いをするだけだからな」と言ったのはこのことだったのだ、と思い知らされた。

世間は奥方様が亡くなられた後、広くもない屋敷で暮らす市之進と菜々をそんな目で見るのか、と知って情けない気がした。佐知の思い出が汚されるようで、せつない思いが込み上げてくる。

家老の遠縁の娘を市之進に押し付けようとしている田所夫婦の狙いは、自分たちもおこぼれに与《あずか》りたいという欲得尽《よくとくづく》の思惑からなのだろう。

腹立たしいが、どうやってあの夫婦をやり込めたらいいものか思いつかず、菜々はあきらめて洗い物でもして気を紛らわそうとした。

水瓶から水を汲もうとして、ふと目を上げると、勝手口の外を正助ととよが忍び足で玄関へ向かう後ろ姿が見えた。正助は手に棒を持っており、なにやら怪しげな様子だ。

（ふたりで何を企んでいるのだろう）

菜々は不審を抱いて戸の陰からそっと外を覗いてみた。すると、正助が持ち上げた棒の先に大きな蜘蛛が止まっているのが見えた。

そう言えば以前にも子供たちは蜘蛛を大の苦手としている田所夫婦に悪さをしたことがあった、と菜々は思い出した。正助ととよは棒の先の蜘蛛を投げて、また田所夫婦を困らせようとしているらしい。

菜々は止めに行かなければと思ったが、足が動かなかった。少し様子を見てから止めに行っても遅くはないだろうと考えて、素知らぬ顔をして台所に戻った。

それから、せっせと洗い物をして、脇目も振らずに板の間の拭き掃除に取りかかった。次から次にすることはあるのだから、子供たちの悪戯《いたずら》にかまっている暇はないのだ。

やがて、客間の方から田所夫婦が出てゆく賑やかな話し声が聞こえてきた。ようやく帰る気になったのだろう、帰り際まで滝はああだこうだとおしゃべりを続けている。

田所夫婦が玄関に出たと思われるころ、

――ぎゃっ

という滝の悲鳴が聞こえた。

間《ま》無しに、正助ととよが笑いながら裏口の前を駆けてゆくのが見えた。菜々はにこりとうなずいて、そのまま拭き掃除を念入りにした。

玄関先では滝のわめく声と、与六のおろおろする声が、しばらくの間、続いていた。

十一

初夏になって、風早家の暮らしは少しばかり落ち着いてきたが、菜々は市之進の着替えを介添えすることだけは、いまだに慣れることができないでいた。裃《かみしも》を着ける際に手を添え、脱いだ袴などを畳むという簡単なお世話をするだけなのに、市之進のそばに立つと、胸がどきどきして顔を上げられず、ぎこちなく振る舞ってしまうのだ。

かつては佐知がしていたことなのだ、と思うと、なおさら気後れがして市之進の肩に手が触れるだけで顔が赤くなってしまう。市之進は戸惑う菜々の素振りを

見て、

「わたしが自分でやろう」

と言ったことがあったが、一家の当主が自ら袴を畳むというみっともない振舞いはさせられない、と菜々は懸命に介添えした。

そんな時、ふと、だんご兵衛こと壇浦五兵衛のことを思い浮かべてしまう。老僕とふたり暮らしを続けているらしい五兵衛は菜々が訪ねたおり、尻端折りをして雑巾がけをしていた。ひょっとしたら袴なども自分で畳んでいるのではないだろうか。

(だんご兵衛さんなら、しかたがないけど、旦那様がそんなことをするなんてとんでもない)

と、菜々はかつてだんごをたらふくおごらされた五兵衛に、何ら同情を寄せることなく思うのだった。市之進から思い遣り深い言葉をかけられても、介添えを続けようと決めた菜々の胸に、ほんのりと幸せな思いが息づいていた。

寂しい中にも穏やかな明け暮れを送るうちに、風早家を訪れるひとが少しずつ多くなった。以前から市之進のもとに集まっていた若侍たちは、佐知が亡くなった後、しばらくの間は遠慮していたようだったが、近頃連日のように訪れて夜遅くまで話していく。

朝早くから仕事がある菜々にとっては迷惑だったが、生前、佐知が嫌な顔ひとつ見せずに客の応対をしていたのを思い出して、我慢をした。

それにしても、このごろの若侍たちは声高に話すようになり、憤激して議論する声が台所にまで聞こえてくることが多くなって、菜々の心を不安にしていた。

何より話の中に、

——轟平九郎
という名が出たりすると、より落ち着かなさを覚えた。

「あの男を除かねば、御家はつぶれます」

「大殿にお考えをあらためていただくには、轟平九郎を倒すしかないのです」

「もはや、猶予はなりませんぞ」

若侍たちは口々に言い募り、それを市之進が懸命に、

「時を待つのだ。いずれ殿が真実をおわかりくださる日も来る」

となだめているようだった。だが、若侍たちの激昂《げっこう》は収まらず、中には、

「風早殿は手ぬるうござる」

とまで言い出す者もいた。

若侍たちは、平九郎に対して、しきりに、

「くんそくのかん」

と呼んでいた。どういう意味かよくわからなかったが、暇を見てようやく月に一度の稽古に出向けるようになったおりに訊いてみたら、

「それは君側の奸だ」

と五兵衛は字を書いて教えてくれた。そして、風早家に集まる若侍たちが平九郎を君側の奸と呼んでいるらしい、と気づいて、

「無理もないことだが、危ないな」

とつぶやいた。五兵衛の話から察すると、平九郎は隠居した前藩主である大殿の鏑木勝重の側近で、その意を受けて動いており、藩主の勝豊すら憚るところがあるらしい。それだけに藩内で平九郎を憎む者は多いのだという。

「だが、なかなか奸智に長《た》けた男でな。逆らう者はことごとく罠にかけて葬って参ったようだ。言うならば触らぬ神に祟り無しで、避けて通るのが無難だな」

五兵衛はそう話した後、

「そう言えば去年、轟平九郎は危険だから用心するように、とのわしの助言を風早殿に伝えたのか」

と訊いた。

菜々はあっと思って胸がつかえた。五兵衛から忠告を聞いた日には、屋敷に戻ると、狂犬騒ぎがあったのだ。あの日、佐知は雨でずぶ濡れになり、病状が一気に悪化した。思い出すだけで、菜々の目に涙があふれた。

五兵衛は驚いて、

「これ、どうしたのだ」

とうろたえて声をかけるが、菜々は涙が流れ出るのを抑えることができず、顔を両手でおおった。

「すみません。奥方様のことを思い出してしまいました」

菜々が手で涙を拭いながら言うと、五兵衛はようやくほっとした顔をした。

「そうか。風早殿も大変だな」

と口にしつつ、自分がした忠告を菜々が伝えたかどうかの答えを聞きそびれてしまった。菜々も五兵衛の話を伝えなかった悔いよりも、佐知のことがしきりに思い出されて、頭の中はそれでいっぱいになっていた。おかげで、この日の稽古はさしたることもできないまま、菜々は屋敷へと帰っていった。

平九郎のことは頭からすっかり抜け落ちていた。

数日後、市之進の言い付けで菜々は夕餉の支度を早めにすませ、甚兵衛の家に届け物をした。その日の前日、甚兵衛は往来で武士が騎乗した馬に蹴られて腰を痛め、勤めに出ることができなかった。

甚兵衛の家は城下はずれの博労町《ばくろうちょう》にあり、時節柄、日が落ちる前には帰ってこられると見た菜々は、頃合いを見計らって家を出た。菜々が市之進からの見舞いの品を届けると、甚兵衛の女房は恐縮して、何度も頭を下げた。甚兵衛は奥の部屋で横たわってうなっていたが、菜々が部屋に入って見舞いを言うと、

「すまないな」

と弱々しい声で答えた。とてもしばらくは屋敷で働けそうにないと菜々は見て取った。市之進が登城する際の供は隣家の下僕に頼むことにしたからゆっくり養生するようにとの市之進の言葉を伝えると、甚兵衛は、

「旦那様に、申し訳ございません、とお伝えしておくれ。さすがにもう歳だから、これ以上のご奉公は無理かもしれない」

と弱気なことを言った。

「そんなことはおっしゃらないでください。甚兵衛さんならすぐに元気になりま

すよ」

「そうだといいんだが……」

菜々の励ましに気落ちした声で応じた甚兵衛は、息子がふたりいて、それぞれ大工と左官になっているし、蓄えもあるから隠居しても暮らしていける、と菜々に話した。それでも永年、風早家に仕えてきただけに暇を願い出るのは寂しいのだという。

「わたしも甚兵衛さんがいてくださらないと困ります。養生に努めて早くよくなってください」

菜々は精一杯、元気づける声をかけて甚兵衛の家を出た。甚兵衛の弱った様子を見ると、やはり家僕を続けるのは無理かもしれない、と思った。

そうなると新たな家僕を探さなければならないが、風早家は佐知の薬代や葬儀などで出費がかさんだこともあって、勝手向きが心細くなっている。若い家僕を雇うのは、働き盛りの分、甚兵衛よりも給金が高くなるだろうから難しいと思えた。

旦那様はどうなさるおつもりだろうか、などと思案しつつ帰るうちに途中で日が落ちて、あわてて用意してきた提灯《ちょうちん》に火を入れた。

甚兵衛と話し込む間に思わぬ時を取られてしまったようだ。足を急がせて、武家地に入ったのはいいが、長い築地塀が続くあたりは人通りも少なく静まり返っている。

なんとなく恐くなって、菜々は駆けるように先を急いだ。大きな屋敷の角を曲がって、風早家にほど近いあたりまでたどり着いた時、前方に提灯が揺らめいているのが見えた。こちらに向かって近づいてきて、提灯の明かりにひとがぼんやりと浮かんだ。それはがっちりとした体つきの武士のようだった。

武士が通り過ぎるのを待とうと、菜々は道の端に控えた。

ゆっくりと菜々の傍らを武士が通り過ぎる瞬間、ちらりと見えた横顔に、菜々はあっと息を呑んだ。額が広くて鉤鼻の、頬がこけてあごが尖った顔をしていた。

轟平九郎だった。

菜々は身を硬くして平九郎の後ろ姿をじっと見つめた。遠ざかった平九郎は角を曲がろうとしたが、突然、妙な動きをした。前を向いたまま摺り足でするすると二、三歩下がる。と同時に、

「奸物《かんぶつ》、覚悟――」

と甲高い声がして、白刃《はくじん》がきらめいたかと思うと、覆面をした武士が大上段に

刀を振りかぶって斬りかかるのが見えた。

襲った武士の他に、やはり覆面をした三人がばらばらと走り出て平九郎を取り巻いた。

平九郎の動きは緩慢に見えた。ゆっくりと武士に提灯を投げつけ、斬り込みを横にかわした。武士に刀で払われた提灯は火の粉を飛ばして地面に落ち、燃え上がった。平九郎は武士の傍らをするりとすり抜けて背後にまわり、刀の柄《つか》に手をかけた。

「何者だ――」

平九郎は落ち着いた声で低く言った。斬り合いを見るのが恐くて、菜々はこの場から早く立ち去ろうとしたが、平九郎が、

「風早市之進の指図か」

と口にしたのを聞いて、足を止めた。

(どうして、旦那様の名を出したのだろう)

恐れよりもわけを知りたいと思う気持ちが勝《まさ》った菜々は、提灯の明かりを吹き消して築地塀の陰に隠れて成行きを見守った。昇ってきた月が、争う武士たちを淡く照らしている。

平九郎は、鋭い気を発して武士たちを睨み付け、

「よさぬか、無駄なことだ」

と言った後に、放胆《ほうたん》にも刀の柄から手を離し、すいと近寄った。その動きに怯えたのか、覆面の武士のひとりが、

「われらは君側の奸を討つのだ」

とわめくように叫んだ。聞き覚えのある声を耳にして、菜々はあっと出そうになる声を呑みこんだ。市之進を訪ねてくる若侍のひとりの声だった。

平九郎が、ふふっと低く笑ったのを、嘲笑われたと思ったらしい武士が叫び声をあげて斬りかかった。これをかわした平九郎は、体当たりで武士に向かっていった。刀を振り上げた武士は動きを止めてその場に膝を突き、うめき声をあげて倒れた。

平九郎は柄頭で武士の鳩尾《みぞおち》を突いて、すぐにくるりと背を向けた。

「逃がさぬ」

武士たちが追いすがって斬りかかるのを、平九郎は背中に目があるかのように素早く退《すさ》りながらかわした。いつの間にか平九郎は刀を抜いていたが、通常では考えられない、柄を逆手に持つ構えをした。

平九郎は刀を背にして、武士たちに向かって進みながら、体を左に傾けた。武士のひとりが誘き寄せられたように斬りつけた。

一瞬、月光に白刃がきらめき、武士は太腿を斬られて横転した。残るふたりに向き合った平九郎は、地面すれすれに体を低くした。それを見たふたりは、そろって刀を振りかぶり、斬りかかった。

平九郎は、夜陰を跳梁して、ふたりの間をすり抜けた。瞬時に脇腹を斬られたふたりは道の左右に倒れ伏した。

さっと刀を納めた平九郎は、倒れた四人に、

「命に別状ない怪我だ。すぐさま屋敷に戻り、医師の手当てを受けることだな。顔はあらためぬが、それだけの怪我を負った以上、襲ったのが誰であるかはすぐにわかるであろう。切腹を免れたくば、おとなしくしておくことだ」

と言い捨てて、踵を返した。

菜々はゆっくりと歩み去っていく平九郎の後ろ姿を見送った。道には四人の武士が倒れてうめき声を上げている。

平九郎はなぜ、武士たちの顔をあらためようとしなかったのだろう。それに市之進の名をわざわざ口にしたのは、どうしてなのか。そのことを不審に思った菜

々は、倒れている武士たちに構わず、駆け足で屋敷へ向かった。

月が中天にかかっていた。

屋敷に駆け戻った菜々は、書斎にいた市之進にいましがた目撃した襲撃のあらましを告げた。市之進は、眉をひそめて聞いていたが、斬られた者の怪我が命に関わるものでないらしいことや、平九郎が武士たちの面体をあらためなかったと菜々が話すと、

「ひとに漏らさぬように」

と言い付けた。菜々は平九郎が市之進の名を出したことが気にかかったが、市之進から黙っているように言われれば、それ以上、話すわけにもいかなかった。

この夜の斬り合いは固く口外を禁じられたのか表沙汰にはならなかった。

十日ほどたって不安な思いが消えない菜々は、使いに出た際に五兵衛が非番の日で家にいることを思い出して屋敷を訪ねた。

この日も、五兵衛はひとりで掃除をしており、菜々を見て気まずそうにからげていた裾を下ろした。

「きょうは何用で参ったのだ。稽古は、先日したばかりではないか」

「うかがいたいことがあってきたのです」

市之進から口止めされていたが、藩内のひととあまり無駄話をしない五兵衛ならいいだろう、と菜々は思った。

菜々が真剣な表情で言うと、五兵衛は渋々、道場に上げた。向かい合って座ると、さっそく菜々は平九郎を四人の武士が襲うのを見たことを話した。

「ほう、そんなことがあったのか。城下も物騒になったな」

五兵衛はさして驚いた顔もせずにつぶやいた。

「その時、轟様は旦那様の指図か、と口にしたのです」

菜々が言うと、五兵衛はふんと鼻を鳴らした。

「それは危ないな」

「危ないとはどういうことか教えてください」

菜々が膝を乗り出して訊くと、五兵衛は考え考え答えた。

「どうやら、藩の改革派の中心人物は風早殿らしい。轟はそれを知っていて、風早殿に狙いを絞っているのであろう。それがために、闇討ちを仕掛けた者が何かを確かめようともしなかったのだ」

しかし、と言って口ごもった五兵衛は、あごをなでて腕を組み、黙り込んでし

まった。何も言わない五兵衛をじっと見つめていた菜々が、たまりかねて口を開こうとした時、

「なにやら罠の臭いがするな」

腕をほどいた五兵衛は、もったいぶって言った。

「罠ですか？」

菜々は目を瞠《みは》った。

「闇討ちがあったのを問題にしないのは、何か魂胆がありそうだ。用心いたさねば、風早殿に罠が仕掛けられるかもしれんぞ」

そう言った五兵衛は、そなた、闇討ちにあった轟の動きを写して見せることができるか、と訊いた。菜々が以前、稽古をした際、五兵衛の技を真似してみせたのを思い出したのだろう。菜々はあの夜の平九郎の動きを脳裏に描き出して、

「できると思います」

と答えた。五兵衛はうなずいて、菜々に木刀を持たせ、自分も木刀を持って立ち合った。

「振りかぶって打ちかかってください」

言われて五兵衛がゆっくりと打ちかかった。菜々は体当たりして、柄頭で鳩尾

に突きを入れる。さらにくるりと背を向けて逃げると見せて、前を向いたまま退き、五兵衛の傍らをすり抜けた。木刀を逆手に持ち、背中に隠して構える。

「ほう、逆手斬りだな」

五兵衛はにやりと笑った。菜々は五兵衛に詰め寄りつつ、体を左斜めに傾けた。

「なるほど、こうか――」

五兵衛が打ち込むと菜々はそらした体をもとに戻す反動で、五兵衛の足に木刀を当てた。五兵衛が飛び下がると、菜々は大きく前に片足を出して床すれすれに体を低くする。

「その体勢だと上から打つしかないな」

五兵衛が振りかぶった木刀を打ちおろした瞬間、菜々は弾みをつけて跳躍し、木刀を鋭くまわして五兵衛の背中を打とうとした。

――カッ
音を立てて弾き返された菜々は、素早く体の向きを変えて、木刀を構える。

「本気で打つ奴があるか」

五兵衛は苦笑いしながらも、示《くぐっ》されたばかりの太刀筋をなぞりつつ、

「どうやら轟平九郎が使う剣は傀儡の太刀のようだな」

とつぶやいた。菜々は、目を丸くして訊いた。

「それはどんなものなのですか」

「相手を誘い出す動きをして、人形を操るように思うところに斬りつけさせ、その裏をかくのだ。汚い塡め手の技だ」

五兵衛の言葉に得心がいった菜々は大きくうなずいた。その様を見て、五兵衛はふと思い出したように言った。

「ところで、そなたの父親は斬りつけるよう仕向けられて、切腹に追い込まれたと話しておったな。傀儡の太刀を使う轟平九郎ならば、それもできるであろう」

五兵衛にじっと見つめられて、菜々はうつむいたが、考えついたことを訊ねてみようと思い、顔を上げた。

「轟平九郎の使う技をお教えしたら、旦那様は立ち合うおりに勝機がおありでしょうか」

「それはないな。どんな技を使うか知っておろうと、勝つのは無理だ。前にも申したが、轟平九郎に勝てるのは藩内でわしだけであろう」

ちょっと得意げに五兵衛は胸を張った。

そんな五兵衛の自慢話はどうでもいいが、市之進が勝てないのなら、こんなことをしていても何にもならない、と菜々はがっかりした。

十二

ひと月近くが過ぎて蒸し暑い日が多くなった。

菜々は近頃、自分が少しずつ変わり始めているように感じていた。髪のほつれが気になり、いままであまりのぞいたりしなかった手鏡を手に取ったりするのだ。

着付けの襟や裾に乱れがないかを確かめるようになったり、屋敷の中を歩く時もできるだけ音をたてないでいよう、と思っていた。気をつけてはいても、台所の板敷に蠟が塗られていたり、鍋の蓋を開けたら大きな蛙が飛び出してくるなどの正助ととよの悪戯を見つけた時は、

「坊っちゃま、お嬢様――」

とつい大声をあげて廊下や玄関をどたばたと走ってしまう。甚兵衛が馬に蹴られてからずっと休んでいるため、市之進が出仕している間は菜々が地金《じがね》を出して

も意見する者がいないのだ。

この日もついうっかり、玄関先で声を張り上げて、子供たちを捜し回っていた時、ふたりの武士が門をくぐって入ってくるのが見えた。

笠をかぶり、羽織袴に、手甲脚絆《てっこうきゃはん》をつけて草鞋履きの旅姿をしている。ひとりは中年で痩せており、もうひとりは二十代でがっしりとした体つきだった。門を入るなり、菜々がひと際大声を出したのを耳にしたふたりは、ぎょっとした顔をした。だが、菜々があわてて式台に手をつかえると寄ってきて、若い男が、

「卒爾《そつじ》ながら風早市之進殿のお宅でありましょうか」

と声をかけた。菜々はさようでございますが、旦那様はただいま、お城に上がっておられます、と答えると、ふたりは顔を見合わせて何やらひそひそと話した後、

「では、夜分におうかがいするゆえ、さようお伝えくだされ」

と中年の男が言った。

「失礼ではございますが、お客さまのお名前をおうかがいいたしてもよろしゅうございましょうか」

菜々は手をついて折り目正しく訊ねた。中年の男はしばし考えた末、

「柚木弥左衛門《ゆきやざえもん》と申す」

と短く答えた。ふたりは立ち去ったが、門を出る際、油断なくあたりに目を配る背中に、ただならない気配が漂っていた。

この日の夕刻、市之進が戻ってくると、菜々は真っ先に柚木弥左衛門からの言《こと》伝《づて》を口にした。

「柚木殿が――」

市之進は裃を脱ぎながら、考え込む風だった。そして、

「おそらく柚木殿がお見えになるのは夜分遅くになるであろう。菜々はいつも通りに休みなさい」

と言い添えた。菜々は驚いた。

「でも、お茶をお出ししませんと」

「いや、内密の話で来られるのであろうゆえ、家の者は出て来ぬ方が柚木殿は安堵されよう」

市之進の言う通りにして、お客様に失礼がないだろうか、と訝しみつつ、菜々は夜の後片付けを手早くすませ、正助ととよを寝かしつけた。いつもより早めに、

「お先に休ませていただきます」

書斎の外から声をかけると、

「お休み」

と市之進の応じる声がした。菜々は、そそくさと風呂に入った。体を洗い、湯船につかっていると、格子窓の間から淡い月が浮かんでいるのが見えた。雲が薄くかかり、滲んだように見える月を見ていると、何となくせつない思いが湧いてくる。

ふと、赤村のことが思い出された。佐知が亡くなってから、野菜をもらいに行く暇もなく、しばらく秀平や宗太郎とも会っていない。意地の悪い叔母のお勝さえ懐かしく思えるから不思議だ。

自分はいつまでこの屋敷にいられるのだろうか、と思う。市之進が後添えをもらえば、そのひとに仕えなければならない。

それができるだろうか。何より、市之進の傍らに佐知ではない女がいるのは嫌だな、と思った。市之進が新しく妻を迎える日が来たら、自分はこの屋敷を出て赤村に戻るかもしれない。それは、わがままなことなのだろうか、と菜々はぼんやり考えにふけった。そろそろ上がろうかと湯船を出た時、玄関の方から男の声が聞こえたような気がした。

市之進が部屋から出て表へ向かったようだ。

（お客様だ、どうしよう）

客が来るというのに、女中がさっさと風呂に入っていたと知られたら、市之進の面目にも関わるのではないだろうか。と言って、あわてて出ていけば、なおおかしなことになりはしないかと気がもめた。

菜々はしかたなく、また湯船に体を沈めた。客が市之進に招じられて部屋に入った頃合いを見計らって風呂を出ようと思ったが、先ほどから考え事をして長湯になっていたのが悔やまれた。すでに湯あたりしそうになっていた。

菜々は客が早く市之進の部屋に入ってくれないものかと願った。


市之進を訪ねてきた柚木弥左衛門は江戸藩邸の用人で、若い男は弥左衛門の家士だった。弥左衛門は市之進に案内されて、しんとした屋敷にあがった。

書斎に招じ入れられた弥左衛門と市之進は向かい合って座り、家士は隅に控えた。

「かような夜分だ。挨拶は抜きにさせていただこう」

弥左衛門は声を低くして言った。市之進はうなずいて弥左衛門の言葉を待った。

かねてから弥左衛門とは藩政の改革について手紙を秘かにやりとりしており、市之進にとっては要職にある数少ない同志だ。

「実は風早殿の身に容易ならざることが起きそうだ」

弥左衛門は眉間に皺を寄せて告げた。

「それがしに何がございますのか」

「ひと月余り前、城下で轟平九郎に闇討ちを仕掛けた者がおるそうな。お主の仲間だというのは、まことか」

弥左衛門は、誤魔化しを受けつけない厳しい表情をして訊いた。市之進はやむを得ず、正直に答えた。

「それがしが存ぜぬところで企てた者がいたようでござるが、おそらく同志かと」

「それが表沙汰にならなかったのは、なにゆえと思われるか」

「さて、轟殿にしても闇討ちを仕掛けられたなどと申されるのは恥辱だと思われたのではございますまいか」

弥左衛門はゆっくりと首を横に振った。

「いや、轟には狙いがあったのだ。奴は襲った者に傷を負わせただけで面体をあらためなかったそうな。だが、狭い藩内のことだ。誰が傷を負ったかなどすぐに知れる。轟は後日、襲った者をひとりずつ問い詰めて、闇討ちを仕掛けたことは見逃すかわりに、指図をしたのは風早殿だという口書《くちがき》を取ったのだ」

「なんと――」

「無論、襲った者すべてではない。口書に応じたのは、ひとりかふたりのようだ。汚いやり方で脅して、風早殿を裏切らせたのであろう」

「してやられました。闇討ちがあった時にこちらも手を打つべきでした。それを怠ったのが悔やまれます」

　市之進は口惜しげに唇を噛んだ。弥左衛門は深くうなずいて口を開いた。

「お主も承知の通り、われらは永年にわたる大殿の暴政について殿に申し上げてきた。近頃、ようやく殿はそれに耳を傾けてくださるようになっていたのだ。そこで、此の度のことが仕掛けられた。大殿はそこもとを江戸に呼び寄せ、自ら詮議なさると仰せになっておられる」

「それがしを江戸へ?」

「さよう。さすがに国許では、そこもとの無実を信じる者も多かろうゆえ、江戸藩邸に呼びだして詰め腹を切らせるか、どこぞの御親戚筋の大名家にお預けになり、島流し同然にするかを考えておいでであろう。いずれにしても国許には二度と帰さぬおつもりだ」

市之進は顔を曇らせて腕を組んだ。平九郎の策謀は用意周到で、気づかぬうちに罠にはめられたようだ。

「そこで、藩庁にも内密で自ら国許に戻って参ったしだいだ。そこもとが江戸へ呼ばれる前に、同志の名がわかる書状などを始末しておかねばならぬ。さらに、風早殿の無実の証となるものがあれば、わしが殿のお手元に渡るよう取り計らうつもりでござる」

「それがしの無実の証にはならぬと存じますが、お渡ししておきたいものはございます。お預かりいただけるとありがたく存じます」

市之進は手文庫から何通かの書状を取り出しつつ、ふと弥左衛門に顔を向けた。

「話は違いますが、柚木様はかつて安坂長七郎なる普請方が城中で轟平九郎に斬りかかり、その咎によって切腹したことをご存じでございましょうか」

長七郎の名を聞いて、弥左衛門ははっという顔つきをした。

「安坂なら、よく存じておる。若いころ同じ学塾で机を並べた仲だ。やさしい生真面目な男だった」

「ならば、安坂殿が普請方として日向屋の不正に関わる証拠を握り、その件で轟を問い詰めていたという噂をご承知でございますか」

「うむ、わしはすでに江戸詰めであったゆえ、詳しいことは知らぬが、さような噂はあった。しかも、あのおとなしい長七郎が城内で刃傷に及ぶなど考えられぬことだから、轟に罠を仕掛けられたのではないか、と疑うた」

「さようでございますか」

　書類を弥左衛門に渡した市之進は、何事かに気を取られている様子で考え込んだ。弥左衛門は不審な顔をして訊いた。

「安坂がいかがしたというのだ」

「日向屋は、酒造や薬種問屋、呉服などを幅広く商《あきの》うておりますが、普請方に木材や石を納入していた時期がございます。しかし、不当に値が高いと藩内でも取り沙汰されたそうです。そのおり、日向屋の裏金が轟殿を通じて、大殿に差し出された形跡がございます。大殿が隠居されてからも藩政を壟断《ろうだん》なさるのは、普請方での金の流れがあるからです」

「なるほど、さようであったか」

　弥左衛門は膝を叩いた。市之進は落ち着いた様子で話を続けた。

「その後は日向屋からの金の流れも巧みに隠蔽されておりますから、尻尾を摑むことができません。しかし、普請方の一件だけは証となる文書《もんじょ》があるかもしれぬのです」

「そうか。近頃、そこもとが調べていたのは、そのことか」

「はい、思わぬ奇遇があってのことでございます」

「奇遇とな?」

弥左衛門は訝しんだ。

「お気づきになられませんでしたか。昼間、柚木様がお見えになられた時、応対をいたしました当家の女中は、安坂殿の娘でございます」

「まことか」

弥左衛門は目を大きく見開いた。昼間に会った菜々の顔を思い出そうとしたのか、うむうむと顔を振り、

「そうか。そうであったか。安坂の娘は女中奉公をいたしておったか」

としみじみした口調で言った。

「初めはそれがしも知りませなんだ。ただ昨年、この世を去りました妻が、あの娘をかわいがっておりまして、何か子細がありそうだと身元を問い合わせてわか

ったのでございます。安坂殿の一件はまことに不審だとあらためて思い、調べておりますうちに日向屋との関わりが浮かんで参りました」

「では、その娘から日向屋の不正の証をたどれるかもしれぬな」

目を鋭くして弥左衛門は期待する物言いをした。だが、市之進はゆっくりと頭を振った。

「いえ、それはわかりませぬ。さらに申せば、それがしは彼《か》の女中を御家の騒動に巻き込みたくはないと思うております」

「ほう、なにゆえさように思うのだ。娘とて、ひょっとして父の仇討ちができるかもしれぬではないか」

「安坂殿の娘は名を菜々と申します。それがしの妻は菜々を妹のように思うておりました。子供たちもよく懐いておりまして、いわば今では家族同然でございます。それだけに菜々を危うい目にあわせたくはございませぬ」

市之進の声音《こわね》にはやさしい響きがあった。弥左衛門は市之進の顔をじっと見つめて、

「なるほど、それでわかった気がいたす」

とつぶやいた。市之進は怪訝な顔をした。

「何がでございましょうか」

「昼間、あの娘を見た時、どこかで見たことがあると思うた。安坂の娘であったからかと合点したが、そうではないようだ。風早殿が祝言を挙げられたおり、わしも祝いの席に招かれたな。あのおりの初々しい花嫁の面差《おもざ》しに、あの娘はよう似ておる。いや、顔形というよりも心ばえかもしれぬが」

「菜々が亡き妻に似ているとおっしゃいますか」

市之進は意外なことを聞いたという顔をした。弥左衛門は微笑を浮かべた。

「なに、身近にいる者が気づかぬというのは往々にしてあるものだ。相手におのれがどのような思いを抱いておるか、離れてみて初めてわかるものではなかろうかな」

菜々はこっそりと風呂を出て、自分の部屋に入っていた。書斎ではまだ客との話が続いているようだ。やはり客が帰るまで起きているべきではないだろうか、とは思うものの、市之進はそれを望んでいないという気もする。

今夜、客が訪れたのは誰にも知られてはならないことなのではないだろうか。だから、気がつかないまま寝てしまった方がいいのだと自分に言い聞かせるが、市之進の周囲であわただしい動きがありそうで、心配でもあった。

五兵衛が言うように轟平九郎が罠を仕掛けるなどということが本当にあるのだろうか。それが案じられてならない。夜遅く、曰くありげな客が訪ねてくるとなるとなお一層、気になってしまう。

（こんな夜更けに、何のお話がおありなのだろう）

と案じながらも床に横になってすぐに、菜々は眠気に襲われた。

近頃、菜々は寝入り端《ばな》によく夢を見る。出仕する市之進の支度を介添えしている夢だ。まるで市之進の妻であるかのように、背中にそっと寄り添うとかすかに香りが漂う。あれは、何の香りだろう。花の匂いだろうかと思いつつ、菜々は深い眠りに落ちていった。

十三

――菜々、菜々

夢で菜々は佐知の声を聞いた。

菜々は見知らぬ山の中を歩いている。鬱蒼《うっそう》と茂った森が細い山道の両脇に続き、あたりを暗くして薄気味悪い。山道に慣れた菜々でも、どことなく不安を覚えるような道だ。だが、佐知の声を聞いた菜々は元気づけられた。声に導かれるように駆け出した。しばらく進むうちに、前方に光り輝くものが見えてきた。

菜々は懸命に光に向かって走った。眩《まばゆ》い光の中に佐知がいるような気がして、力の限り駆けていると、遠くで、

「菜々、菜々――」

と呼ぶ男の声がした。菜々ははっとして目を覚ました。手燭《てしょく》の仄《ほの》かな明かりが襖の隙間から漏れている。何事だろう、と起き上がった菜々は、

「菜々、起こしてすまぬ」

と言う市之進の声を聞いてどきりとした。こんな夜半に市之進が女中部屋の前で声をかけるなどかつてなかった。少し身を硬くした菜々が、

「はい、御用でございますか」

と返事をすると、市之進は穏やかな声で言った。

「頼みたいことがあるのだ。書斎に来てくれぬか」

よかった、旦那様は部屋へ忍んできたのではないのだ、とほっと胸をなで下ろしたとたんに勘違いした自分が恥ずかしくなり、暗闇の中で顔を赤らめた。

「ただいま、参ります」

菜々が急いで答えると、市之進は部屋の前から去っていった。布団から出て手早く身支度しながら、市之進は何を頼みたいのだろう、と考えた。

そう言えば柚木弥左衛門というひとが訪ねてきていたはずだったが、もう帰っただろうか。客が帰る気配にも気づかずに寝入ったのは、女中として主人に申し訳が立たない、と気恥ずかしい思いがした。けれども、子供たちも寝静まっている夜中に市之進が話があるとわざわざ言ってきたのだから、今はそんなことを気にしてはいられない。

市之進が妙なことをするはずはないと思いながらも、やはりどことなく落ち着かない心持ちがして、胸がどきどきする。手燭に火を点《とも》し、手鏡をのぞいて髪をなでつけてから、部屋を出た。鏡に映った顔は緊張していたからか強張《こわば》っていたが、目は生き生きとしていたのが不思議な感じだった。ともかく急がねばと手燭をかざして進むと、書斎の襖がわずかに開いて明かりがもれていた。火を吹き消し、襖の前に膝をついた。

「旦那様、菜々でございます」

声をかけると、市之進から、

「入りなさい」

と待っていたようにすぐに言葉が返ってきた。菜々は襖に手をかけてそっと開けた。何となく、いまからひとの目を忍んで秘め事に臨むような気がして胸の鼓動が速くなった。書斎の敷居際でぎこちなく頭を下げると、

「そこでは話がしにくい。もっと近くに寄りなさい」

市之進に言われて、菜々は顔をうつむけたままにじり寄った。市之進が目の前にいると思うと顔を上げることができない。

「こんな夜更けにすまぬが、今宵のうちに話しておかねばならぬことが起きてな」

やさしく言葉をかけられて、菜々はほんの少し顔を上げた。

佐知が亡くなってからは、毎日、市之進と話しているのに、どうして今夜はこれほど緊張するのだろうか。わずかの間、考えた菜々はいつもは正助ととよがいるから自然に話せているのだと気づいた。

ふたりだけでいると、市之進の視線を眩しく感じてしどろもどろになり、顔が

赤くなってしまう。書斎でふたりきりになったこともなかったわけではないが、やはりこんなに夜遅くだから胸が騒《ざわ》めくのかもしれない。

「客人たちは先ほど帰られたが、思いがけないことを言われたのだ。どうやら、わたしは……」

言いかけた言葉を呑んだ市之進は、じっと菜々を見つめた。菜々は次に市之進が言い出す言葉を待ち、真剣な眼差しで見返した。余程、重大なことが起きたのに違いない。昼間訪ねてきた柚木弥左衛門は不穏な気配を漂わせていた気がする。

（何か悪いことが起きたのだろうか）

菜々が口を引き締めると、市之進は話し出した。

「菜々はひと月ほど前に轟平九郎殿が覆面をした武士に襲われるのを見たと言っていたな」

「はい、さようでございます。とても恐ろしい思いをしました」

「江戸藩邸で、あの闇討ちはわたしが命じたということになっているらしい。それで、江戸に呼ばれるようだ」

「江戸まで行かれるのでございますか」

菜々は思わず大きな声を出した。江戸は国許から百数十里もある遠いところで、菜々には生涯、自分は足を踏み入れることなどないと思える。そんなはるかな場所に市之進は呼び出されるのか。市之進は、うなずいて言った。

「もし、江戸へ参ることになれば、戻ってこれぬかもしれぬ」

「どうして、そのようなことに」

藩士なら江戸詰めになることはあるが、それにしても急な話だと菜々は目を瞠った。

「さて、それを説き明かすのは難しいな」

市之進は腕を組んで首をひねっていたが、やがて口を開いた。

「菜々のお父上のことを訊きたいのだが、いいだろうか」

「父のことを、でございますか?」

突然、訊かれてびっくりした菜々が訊き返すと、市之進は言葉を継いだ。

「お父上は安坂長七郎殿だと、佐知から聞いたことがあるが、まことか」

「奥方様はご存じだったのでございますか」

息を呑む菜々に、市之進はやさしい目を向けた。

「やはりそうか。佐知は菜々を妹のように思っていた。それゆえか、菜々には何か子細がありそうだと気づいて、縁者に問い合わせたそうなのだ。安坂殿は城中で轟平九郎に斬りかかり、その咎によって腹を召されたのだったな」

　聞くなりうつむいた菜々は、佐知が父のことまで知っていてくれたのだと思い、涙があふれそうになった。それほど自分のことに心を配ってくれていた佐知がいなくなった悲しみがあらためて胸に込み上げてきた。

「わたしは安坂殿の一件について以前から気になっておったところに、佐知から菜々のお父上の話を聞いて、あらためて調べてみたのだ。すると、安坂殿が切腹に追い込まれたのには裏がありそうだ、と見えてきた」

「父の切腹には、どのような子細があったのでございましょうか」

　息を詰めて、菜々は市之進の顔を見つめた。

「きょう見えた柚木弥左衛門殿とわたしは、藩の政《まつりごと》を改めねば行く末が危ぶまれると考えておる。第一の弊害は江戸の大殿が政を思いのままにされ、ご自身の贅沢を改めようとなさらぬことだ」

　きっぱりと言う市之進に、菜々は目を丸くした。自分の屋敷にいるものの、大殿様を悪しざまに言うなどしては無事にすまないのではないか、と心配になる。

「大殿が放埓《ほうらつ》に過ごされるようになったのは、藩御用達の日向屋が裏金を上納するようになってからだと思われる。始まりは普請方への木材や石材を納める際に生じた不正ではないか、とわたしは疑っておる」

「わたしの父は普請方だったと聞いております」

「だそうだな。安坂殿はいち早く日向屋の不正に気づかれていたようだ。おそらく不正の証拠も握っておられたのではあるまいか。そのために轟平九郎が刃傷沙汰になるように仕向けたうえで、切腹に追い込んだと思えてならぬ」

市之進が厳しい言葉で言う話を聞いた菜々は、壇浦五兵衛が、

「気を発すれば、ひとに斬りかからせることができる」

と話していたのを思い出した。それに、菜々が見た斬り合いで、平九郎はまるで相手を操るかのような動きをしていた。

五兵衛は、平九郎が使ったのは傀儡の太刀だと言い、ひとを人形のように操る技を使って父に斬りかからせたのかもしれないとも教えてくれた。

「わたしの知り合いが、相手に斬りかからせるよう仕向ける太刀がある、と話していました」

菜々はつぶやくように言った。

父は平九郎に仕掛けられて、気がついた時には刀を抜いていて、取り返しがつかないことになったのではないか。

「ほう、さような太刀があると、どなたが菜々に教えてくださったのだ」

「いえ、それは、名を申し上げるほどの方では……」

菜々は口ごもった。五兵衛のことを話せば、初めて会ったおりに団子をたらふく食べられたことも話さなければならなくなる。

それを言うと五兵衛にはみっともない話になるし、まんまと団子代を払わされてしまった自分も間抜けだと思われる気がして、話すのはためらわれた。幸いなことに市之進は教えた者のことにあまりこだわらなかった。

「まあ、そのことはさておき、わたしが訊きたかったのは、お父上は何か文書のようなものを遺しておられなかったかということだ」

「文書のようなものでございますか」

菜々は首を傾げた。母親の五月は、なぜか父の遺品をあまり持っていなかったようだ。赤村の家にあった葛籠に父の着物や刀は入っていたが、それ以外には、何冊か書物があっただけだったと記憶している。

「和歌の御本があったのは覚えておりますが、それ以外にこれといったものは」

「そうか、すでに、ひそかに処分されてしまったのかもしれぬが、ひょっとして、日向屋の不正の証となる書状でも遺されていれば、わたしの助けになるのだが」

「さようでございましたら、さっそく明日にでも赤村へ行って参ります」

菜々が意気込んで言うと、市之進は頭を振った。

「いや、明日でなくともよい。わたしはいつ江戸に召し出されるかわからぬ。そのおり、証となる文書がこの家にあれば、平九郎に押さえられてしまうに違いない。赤村へ行くのは、わたしが江戸へ向かってからの方がいいだろう。文書が見つかれば、江戸の柚木殿に届けて欲しいのだ」

市之進はさりげなく口にしたが、菜々は「江戸へ向かってから」という言葉を聞いて、どきりとした。先ほど市之進は江戸へ行けば戻れないかもしれない、と言った。それほど危険な江戸行きが目の前にさし迫っているのだろうか。

「旦那様は明日にでも江戸へ行ってしまわれるのでございますか」

旦那様がいなくなったら、正助やとよはどうなるのだろう、と心配になった。いや、心配なのは子供たちだけではない。

「旦那様が江戸へ出てしまわれたら、わたしはどうしていいかわかりません」

菜々が泣き出しそうな声で言うと、硬い表情をしていた市之進はふっと頬をゆるめた。

「わたしも江戸へは行きたくはない。しかし藩命とあれば致し方ないのだ。そこで菜々にもうひとつ頼みがある」

　市之進は文机に置いていた木箱を菜々の前に置いた。これまで何度か菜々が城下で質屋を営んでいる升屋のお舟のもとに持ち込んだ黒天目茶碗が入った木箱だった。

「恥ずかしながら、わが家には金目の物はもはやこれしかない。それゆえ、この茶碗を菜々に預けておく。わたしが江戸へ送られると決まれば、子供たちは難儀するであろう。親戚といっても、田所の叔父上はとても頼りになりそうにないし、家中でわたしと親しかった者たちは平九郎の目を恐れて手を差し伸べるのを控えるであろう。それで、この茶碗を質草にして金を作り、子供たちの当座の暮らしをまかなってはくれまいか」

「女中のわたしが、お子様たちをお預かりしてもよろしいのでございますか」

　もし市之進が江戸へ送られるならば、この屋敷と子供たちを何としても守りたいとは思うものの女中の身で主家の子供たちを預かるなどしてもよいものだろうか、と菜々は戸惑った。

「無論だとも。こうして、わたしが頼んでいるのだからな」

　うなずいた市之進は、少しためらう表情を浮かべた後、思い切ったように言葉を続けた。

「これは言わずにおこう、と思っていたのだが、子供たちを菜々に預けたい、と佐知が言い遺したのだ」

「奥方様が――」

それならば、佐知のためにもやらなければならない、と菜々は思い定めた。正助ととよのことは大好きだし、まして佐知が望んでいたのなら、なおのこと迷うわけにはいかない。目を輝かせて佐知の願いを聞こうとする菜々を見つめて、市之進はまだ何か言いたげな素振りを見せた。

「これも言うべきかどうか、と思うのだが……」

言い淀む市之進だったが、菜々は、佐知の遺言なら、何であれ聞くつもりになっている。

「奥方様が仰せになったことでしたら、わたしはなんでもいたしますのでおっしゃってくださいませ」

市之進を励ますように、菜々はにっこり笑った。まぶしげな顔をして菜々に目を向けた市之進は、

「いや、これは、ぜひにもということではない、と承知の上で聞いてくれればよ

い。実は佐知は菜々を後添えにして欲しいとも言い遺してな」

日頃になく、口ごもりながら告げた。

「わたしを旦那様の後添えに、と奥方様が――」

菜々の胸の鼓動は早鐘を打つようになった。

「そうだ。自分が逝った後、菜々を妻に迎えてはどうか、と佐知は言ったのだ」

市之進は真剣な表情で言い、その日の話を始めた。


正助ととよが狂犬に襲われそうになり、雨に濡れた佐知の容態が悪くなってほどない夏のことだった。非番の日の昼下がりに市之進が寝間をのぞくと、佐知は身を起こして、中庭を眺めていた。

「寝ていなければ体に障るではないか」

市之進がそばに寄ると、佐知は振り向いて微笑んだ。

「いえ、きょうは気分がとてもよいものですから、かようにしております方が、気が晴れるのです」

「さようならばよいが」

顔色はまだ悪いものの、気力は出てきたのだろうと市之進はほっとした。

「早くよくなりたいと存じておりますが、なかなか思うように参りませず、あなた様には申し訳なく思っております」

「焦らずとも、ゆっくり養生すればよいではないか。家の中のことは万事、菜々が取り仕切っておるし、子供たちも元気で過ごしておるのだから」

「まことにさようでございますね」

うなずいて、庭に目を向けた佐知は、手の中で何かを玩《もてあそ》んでいるらしく、手もとを揺らしていた。

「何か面白いものでも持っておるのか」

市之進が訝しげに思って訊くと、佐知は嬉しそうに顔をほころばせて手を差し出した。小さな花を持っている。

「螢草でございます。とよが庭に咲いているのを摘んでくれました」

「そうか。とよはやさしいな」

幼い娘が病床にある母を慰めようとしたと思い至った市之進は、胸が熱くなった。佐知は螢草をじっと見つめて、

「わたくしはこの花を見る度に、なぜだかわからないのですが、まるで菜々のようだと思ってしまうのです。健気でかわいらしい、命の花が咲いていると思えま

して」

「ほう、この花がそなたにはさように見えるのか」

市之進は小さく青い花を咲かしている露草に見入った。儚げに咲くところは、菜々と言うより佐知に似ているように思えた。

市之進が庭に目を遣ると、佐知は透き通るような笑みを浮かべて、

「もし、わたくしがこの世を去るようなことがございましたら、菜々を後添えにしてくださいませんでしょうか」

とさりげなく口にした。市之進は佐知が突然、思いも寄らないことを言い出したので冗談だと思い、

「なにを馬鹿な――」

と笑い飛ばした。だが、佐知は思いのほか真剣な眼差しを市之進に向けて言い添えた。

「いいえ、わたくしは大切に思うあなた様や子供たちを託せるのは、菜々のほかにいないと思っております。わたくしと子供たちが狂犬に襲われそうになったおり、菜々は命がけで助けてくれました」

「それはそうだが」

「以前、縁談があった際に、嫁ぐならどのようなひとがよいかと訊きましたら、おやさしい旦那様のような方です、と菜々は言っておりました。菜々はあなたを慕ってくれると存じます」

「若い娘が何もわからず冗談半分に言ったことを真に受けるとは、そなたらしゅうもないな。そんな戯言《ざれごと》を申しておると疲れてしまうであろう。もう横になった方がよくはないか」

市之進に言われて、佐知は素直に横になりながら言葉を足した。

「後添えの話を申しましたのは、わたくしの妬み心から出た言葉かもしれません。わたくしはどのような方でもあなた様の後添えになるのを許すことができそうにありません。ですが、それでも菜々なら嫌ではないと思えるのです。菜々はひとを幸せにできる娘ですから」

「だから螢草に似ておると言ったのか」

「さようでございます」

横になってからも佐知は澄んだ眼差しで、なおも庭を見つめていた。その後、この話について市之進と佐知は語り合うこともなく日が過ぎた。秋に入って衰えが目立ち始めた佐知は、ある夜、傍らで看る市之進に近づくよう言い、耳もとで、

――螢草の事を忘れないでくださいと苦しい息の下で口にした。

十四

「病で気が弱っておったがゆえに、佐知はあのように申したのかもしれぬ。ただ、子供たちのことを頼むからには、佐知がどのような思いでいたかを伝えておいた方がいいと思ったのだ」

市之進は、佐知の面影を脳裏に浮かべながら口にしているようだった。

「もったいない仰せで、ありがたく存じます。奥方様にさようにおっしゃっていただき、わたしは幸せ者でございます」

菜々は目に涙を浮かべて言った。佐知とはどのような縁《えにし》で結ばれていたのだろうか、おたがいにこれほど信じ合えるひととは二度と巡り合えないかもしれないと思うと、より一層、市之進と子供たちに尽くしたいという気持ちが湧いてきた。

「子供たちを頼むのに、女中のままであれば何かと難しいことも多かろう。それゆえ、妻になって欲しいと言うのは、厚かましい申し出だと思われても仕方がないが、それでも菜々が応じてくれるのなら、わたしはそなたを妻に迎えたいと思っている」

市之進の言葉を、菜々は心を打たれて聞いた。いま、ここで、喜んで妻としてお仕えいたします、と偽りなく言えば夫婦の契りを交わし、市之進は菜々を妻にするだろう。菜々は胸が熱くなったが、手をつかえ頭を下げ、口を開いた。

「正直に申し上げます。わたしが旦那様をお慕い申しているのは、間違いありません」

「菜々――」

菜々の口からこれほど率直な言葉が出ると思っていなかった市之進は、絶句して目を見開いた。それに構わず、菜々は懸命に言葉を継いだ。

「ですが、それは奥方様をお慕いしている気持ちと同じではなかろうかとも思えるのです。いまのわたしには、それ以上のことはわかりません。それにお子様たちにとって、母上様は奥方様だけでございます。それは、旦那様も同じだと存じます」

「それは、そうだが」

市之進が見つめていると、菜々は肩先を震わせてうつむき、目から涙をぽたぽたと滴《したた》らせた。どうしてこんなに次から次へと涙があふれ出るのか菜々にはわからなかった。

菜々は震える声で話を続けた。

「わたしは女中としてお子様たちをお預かりいたします。そのうえで、もし正助様とおとよ様がわたしを母と認めてくださり、旦那様もわたしと添いたいと望んでくださいますなら、その時は」

言葉を切って菜々は涙に濡れた顔を上げた。

その時は妻に迎えて欲しいと心底願っている。それが素直な気持ちなのだ、と口に出してみて初めてわかった。でも、それは、多分、あり得ないことだろう。市之進の妻は佐知のほかに考えられない、と誰よりも自分がそう思っているのだから。

市之進は、初めて会ったひとを見るような目で菜々に見入った。

「菜々、わたしは酷《むご》いことを口にしてしまったのだろうか」

ております」

「いいえ、決してさようなことはございません。わたしは幸せな心持ちがいたし

「ならばよいが。いまわたしは、佐知が菜々のことを螢草に似ていると言った言葉にようやく得心がいった気がする」

菜々は何も応えず微笑みを返しただけだった。この後、どんなに辛いことが待ち受けているかわからないが、自分はきっと頑張ることができる、とはっきり思った。

何事もなく十日ほど過ぎた。

朝から雨もよいの日だった。近頃、やっとのことで痛めた腰が癒えて市之進の登城の供ができるようになった甚兵衛が、昼下がりにあわてふためいて、青ざめた顔で帰ってくるなり、

「大変なことになった」

とかすれた声で告げた。

「何があったのですか」

どきりとした菜々は胸が騒いだ。

「旦那様がお城に上がられてしばらくたったころに、わしは供の詰所でいきなりお役人に留め置かれた。何が起きたのかわからないから、さっきまで控えていたんだが、今度は別のお役人が来て、旦那様はお咎めを受けて勢田獄《せたのごく》に入れられたと言われたのだ」

「勢田獄に？」

菜々は気が遠くなりそうだった。城下の南のはずれに勢田というところがあり、そこに士分の者を入れる牢屋敷があって勢田獄と呼ばれているのは菜々も知っていた。

甚兵衛は唇を湿らせて、せわしなく話を続けた。

「このお屋敷は、間もなくお役人がやって来て家捜しをしたうえで、召し上げになるそうだ。家の者は身の回りの物だけを持って立ち退くようにとのお言い付けで、家財道具も一切、持ち出しちゃならんそうだ」

「それはあまりにひどいお申し付けです」

「と言ったって、お役人には逆らえんだろう。早く用意をしなけりゃ、お子様方がお咎めを受けるぞ」

甚兵衛に急き立てられて、菜々はあわてて女中部屋に走り込み、身の回りの物と市之進から預かった茶碗の木箱を手早く風呂敷に包んだ。大きな風呂敷包みを抱えて子供部屋に入り、手習いをしていた正助ととよに声をかけた。

「お坊っちゃま、お嬢様、いまからお出かけをしますので用意をしてくださいまし」

振り向いた正助が、

「どこへ行くの」

と訊くと、菜々は首を横に振った。

「わかりません」

答えると、すぐにとよが続けて訊いた。

「何しに行くの」

菜々はまた首を横に振って、

「わかりません」

と答えた。子供たちはいつもと違ってあいまいな返事しかしない菜々に戸惑った表情をした。菜々は、子供たちの身の回りの物を急いでそろえて、自分の物と一緒にした風呂敷の大きな包みを背負って、首の前で結わえた。重さによろめいて顔をしかめながら立ち上がった菜々は、子供たちに、

「さあ、参りますよ」

と気合の入った声で告げた。正助ととよはびっくりして顔を見合わせていたが、菜々のただならない様子に何事かを感じ取ったのか、手を握り合って菜々に従う素振りを見せた。菜々は重い風呂敷包みの結び目をしっかり握って、よろよろと玄関へ向かった。その時、玄関の方から、

「菜々、お役人様だ」

と叫ぶ甚兵衛の声がした。役人と鉢合わせしては面倒だ、と思った菜々は、

「台所に回りましょう」

と子供たちをうながした。廊下を進んで台所を通り、勝手口から裏手へ出た。

庭を抜けて、玄関脇へとたどった時、役人たちが家の中へ踏み込んでいくところだった。役人や下役《したやく》はいずれも草履や草鞋履きの土足で屋敷に上がり込んだ。

(せっかく毎日、きれいに拭いているのに)

菜々は食ってかかりたかったが、文句を言っている場合ではない。子供たちをうながし、甚兵衛に目くばせして立ち去ろうとした瞬間、後ろから、

「この屋敷の女中か」

と声がかかった。振り向いた菜々は息を吞んだ。

轟平九郎が役人を数人率いて門をくぐっていた。しかも平九郎の後方には市之進の叔父である田所与六が家来のように従っている。平九郎はひややかな目でじっと菜々を見つめた。

「さようでございます」

このひとが旦那様を捕らえさせたのだ、と思った菜々は、平九郎を睨み付けた。

その様子を見た与六は、

「こら、女中の分際で、轟様に対し、その応対はなんだ。無礼者め」

と平九郎に媚びるような口調で言った。役人のひとりが、

「女中が抱えておる荷をあらためましょうか」

とうかがいを立てると、無表情だった平九郎はにやりと笑い、

「風早もまさかかような娘に大事な物を預けはしまい。それより、その者たちは風早の子であろう。ここにいては、目障りだ。さっさと立ち去れ」

と低い声で言った。菜々は平九郎に向かって、

「立ち去れとおっしゃられても、行くあてはありません。屋敷をお召し上げになられるのでしたら、どこへ参ればよいかお教えくださいませ」

とはっきりした言葉つきで言った。正助ととよも、菜々にならって平九郎を睨

んだ。甚兵衛はおろおろしながら見守っている。平九郎はうるさげに、

「親戚の家があろう」

と短く答えて、菜々たちに構わず屋敷の中へ入っていった。やはり草履を脱がずに土足でずかずかと上がり込んだ。菜々は悔しさに唇を嚙んで平九郎を見送り、きっと、与六を振り向いた。

「あの方はご親戚を頼れと言われました。いまからお子様方をお連れしてようございますか」

聞くなり与六は色を失って手を振った。

「さようなことはできん。市之進は、轟殿の暗殺を企てた罪でお咎めを受けたのだぞ。うっかりしておれば、親戚一同が罪に問われかねんと思い、かように家捜しの立ち合いに出て参ったのだ。子供を預かるなど、とんでもない。どこか他所《よそ》をあたることだな。断っておくが、わしの家を始め親戚筋で預かるところは一軒もないぞ」

血相を変えて言い募る与六の物言いに菜々は腹が立った。

「それはあまりにひどい言い様《よう》でございます。かようにお小さいお子様方に、どこで雨露をしのげと言われますか」

「そんなことは、女中のお前が考えろ。そのために給金をもらっておったのであろうが」

与六は吐き捨てるように言うと、平九郎に続いて土足のまま屋敷に上がっていった。悔し涙が出てきたが、どうする手立ても浮かばず、菜々は歯を食いしばって耐えた。子供たちが両脇から菜々の袖を摑んだおり、門前で竹と荒縄を持った下役が、

「その者、早く出てゆけ。この門はいまから封じるぞ」

と怒鳴った。菜々たちが甚兵衛とともに外に出ると、出入りを禁じるために下役たちは門の前で青竹を交叉に組み、荒縄で括りつけた。菜々はなす術もなく、出入りができなくなった門を見つめた。

今朝方までいつもと変わらぬ暮らしを送っていた屋敷は、たちまちのうちに罪人の屋敷へと変貌してしまった。甚兵衛がそばに近づき顔をしかめて言った。

「どうするね。汚いところだが、わしのところに来てお子様たちと暮らしたらどうかね。それともお前さんの実家がある赤村へでも行くか」

菜々は頭を振って答えた。

「そう言ってくださり、ありがとうございます。ですが、坊っちゃまもお嬢様も

風早家の跡を継がれる方々ですので、ひとのお世話にならずに暮らした方がいいと思いますし、ご城下を離れるわけにもいきません」

「だからといって、ご親戚で引き取ってくださるところはなさそうだし、ご家中の知り合いに頼る当てはないのだろう」

「ご城下で家を借りるぐらいは、なんとかなると思います」

菜々は市之進から預かった茶碗を質に入れて、十五両を借りようと思った。

（それに、二十両に少し足りないくらいだけど、母さんが遺してくれたお金を秀平叔父さんに出してもらおう）

合わせれば、家を借りても当面、暮らしには困らないはずだ。まずは落ち着く先を見つけてから、市之進の身を案じるしかない、と菜々は思った。

「では、おほねさんのところに参りましょう」

菜々は正助ととよに向かって言った。正助が目を丸くして、

「おほねさん？」

と訊き返した。

「そうです。おほねさんです」

変な名だと思ったのか、正助はおほねさんと繰り返し口の中でつぶやいた。と、

よは、おほねという名がおかしかったのだろう、くすくすと笑った。

菜々は升屋のお舟の顔を思い浮かべながら、きっぱりと告げて、甚兵衛に頭を下げ、ふたりを連れて歩き始めた。

十五

「また、あんたかい」

お舟はうんざりした声を出してから、ぎょっとして吸っていた煙草にむせた。いつでも薄暗い店先に、度々黒天目茶碗を質入れに来る娘が、きょうはどうしたことか大きな風呂敷包みを背負い、しかも子供をふたり連れている。

「まるで、夜逃げか、火事で焼け出されたような恰好だね」

お舟は煙草盆の灰吹きに吸殻をコンと叩き入れ、三人の様子をじろじろと見ながら言った。相変わらず白く抜いた髑髏模様を背に入れた緋色の長羽織を着ているお舟を、正助ととよは気味悪そうに見ていた。

「そんなことより、これをお願いします」

菜々はお舟の前に木箱を置いて、頭を下げた。見なくてもわかっている。いつもの黒天目茶碗だと察したお舟は、

――十両
とぶっきら棒に言った。菜々は帳場に手をついて、

「この間は十五両を貸していただけました」

と訴えた。お舟は素知らぬ顔をして煙管に煙草を詰めた。

「今度だけだ、次からこんなことは無しだ、と言ったはずだよ。あの時は大切なひとの命が危ないって言うから出したんだ」

つっけんどんなお舟の応対に、菜々はうつむいた。そして、悲しそうな声で、

「大切な方は亡くなられました。このおふたりはその方のお子様方です」

と口にした。正助ととよはじっとお舟を見つめている。お舟は子供たちにじろじろ見られて居心地悪そうにしていたが、その内、たまりかねたように手を振った。

「わかった。わかった。十五両出すから、そんな目で見るのはやめとくれ」

「ほんとうですか。では、もうひとつお願いがあるのですが」

「なんだい。これ以上は貸せないよ」

お舟は警戒する目になった。

「いえ、おほねさんは商売柄、顔が広いでしょうから、借家を紹介していただけないかと思いまして」

いま、またおほねさんと言ったな、とお舟は一瞬、むっとしたが、子供たちのつぶらな目の前で文句を言えば、なおのことおほねで覚えられてしまいそうで言うのはよそうと思った。それから、気分を変えるように、にやりと笑い、

「借家なら、わたしが一軒持っている。そこなら安くしてやってもいいよ」

と煙草を美味しそうに吸った。

「安く貸していただけるんですね」

安くという言葉に喜ぶ菜々を見て、お舟は、煙管をゆっくりと口から離した。

「ただね、出るんだよ」

「出るって、何がですか」

菜々はお舟の思わせぶりな物言いに眉をひそめて訊いた。お舟は、子供たちに顔を向けて目を大きく見開き、口を広げて、

——幽霊さ

としわがれた声で恐がらせた。正助ととよは、きゃっと悲鳴を上げて菜々にしがみついた。だが、菜々は動じる様子をまったく見せず、

「そんなところだったら、ただにしていただけますよね」

とお舟に迫った。幽霊が出る家なら借り手はいないだろうから、住む者がいるだけでありがたいはずではないか。

ちょっと脅かしてやろうと思っただけのお舟は、菜々がただにしろ、としたたかに言い出したのに顔をしかめてため息をついた。

「何も出はしないから安心していいよ。もともとは、死んだ亭主の祖父様《じいさま》がひとりで住んでいた家でね、手入れが悪くて蜘蛛の巣だらけだし、雨漏りもする古家なのさ。だから、住んで掃除をしてくれたら、家賃は安くするっていう話だよ」

「その家はどこにあるのでしょうか」

菜々は本当にその家に住めるのだろうかと不安になったが、お舟は平気な顔をして煙管を後方に向けた。

「なに、すぐ近間《ちかま》だよ。この店の裏手にあるんだからね」

菜々と子供たちはお舟に言われた通り、店の表に出て辻を回り、細い路地に入

った。お舟が教えてくれた借家がどの家なのかはひと目でわかった。

壊れかけた竹垣をめぐらした小さな庭がある古ぼけた家で、瓦はところどころ落ち、壁土もまばらにはがれ落ちて軒が傾いている。庭は雑草が生い茂り、庭木の枯葉で埋め尽くされ荒れ果てている。

これほど蜘蛛の巣が張っている家を、山育ちの菜々でも見たことはなかった。敷地に入って、家の戸を開けようとしたが、がたついて容易に開かない。思い切って蹴ってみたら、戸の内側で何かが倒れる音がして、どうにか開けられた。そろりと中に入ってみると、突っかいにしていたらしい棒が薄暗い土間に転がっていた。家の中は埃が厚く積もり、素足では歩けそうにない。

戸が開かないのなら、どうやって出入りしていたのだろう、と不審に思って見回すと、立ててある雨戸のひとつが外されていた。そこから雨が降り込んだのか、縁側に近い畳は腐って床が抜け落ちそうになっている。さすがに草履を脱ぐ気にはなれず、そのまま土足で家に上がった。歩くだけで床はぎしぎしと音を立て、ところどころたわんで、踏めば抜けるのではないかと思えた。

正助が面白がって飛び跳ねると、埃が舞いあがり、板が弾ける鋭い音がした。

幸い、床は大丈夫だったが、床下の支えが折れたのは間違いなさそうだ。

「坊っちゃま、気をつけてくださいませ。危のうございます」

菜々が声をかけると、正助は少し恐い思いをしたのか素直にうなずいて、そろりと足音を忍ばせて歩くようになった。あまりの汚れのひどさにとよは菜々にすがりつき、

「わたしたち、ここで暮らすの？」

とべそをかきながら言った。

「わたしが掃除して、住めるくらいにきれいにいたしますから、大丈夫ですよ」

菜々は力強く答えつつ、床の上を怪しげに動く細い物が、するすると這っていくのを見て、悲鳴をあげそうになった。

「青大将だよ」

正助は愉快そうに笑って言った。菜々は気まり悪くなり、

「蛇は家の守り神ですから、恐がらなくてもいいのです」

と取りつくろった。村で暮らしていたおりは蛇など平気だったのに、驚いてしまうのはどうしてなのだろう。ともあれ、菜々は家の中を隅々まで掃除するのは無理だとあきらめて、ほかと比べて傷んでいない六畳の部屋の掃除を手早くすませ、お舟から厚意で譲ってもらった、質流れの布団を運び込んだ。次に食べ物を

買い求めて、かろうじて火を熾せる竈に、お舟から売りつけられた釜を載せて飯を炊いた。

いつもなら短い間にすませられる炊事に手間がかかり、簡単な夕餉の支度ができた時には、すっかり日が暮れてあたりは暗くなっていた。淡い月明かりと竈の火を頼りに握り飯と漬物を食べた。

「明日はもっとましなものを召し上がっていただきますから、きょうはこれでお許しください」

菜々が申し訳なく思って言うと、子供たちはうなずきながら次々と握り飯を口に運び、さほど不満な顔を見せなかった。腹が満たされて父親のことが気になってきたらしく、

「父上はいつお帰りになられるのだろう」

と正助が少しおとなびた口調で言った。

「早くお帰りになられるとよいのですが」

答えながら、市之進はあのように言っていたけれど、本当に江戸へ呼びつけられるのだろうか、と菜々は思いをめぐらした。江戸へ行ってしまえば、市之進は戻ってこられないかもしれない。自分はひとりで正助ととよを立派に育てられる

だろうか、とひどくおぼつかない心持ちになった。すると、とよが、

「お父上はきっとお戻りになりますから待ちましょう」

とゆったりとした声で言った。正助がとよに、

「どうしてそう思うんだ」

と不思議そうに訊いた。

「だって、お父上はいつもわたしたちのところに帰ってきてくださいましたから、お戻りにならないはずがありません」

とよのおしゃまな口振りがおかしくて、菜々は笑った。少しでも笑顔になると、わずかながら元気が出た。

（そうだ。旦那様はきっとお戻りになる。それを信じて待てばいい）

自分に言い聞かせて、菜々は大きな握り飯を頬張った。その時、正助が、

「菜々、あそこを見て」

と菜々の袖を引っ張って、竈の上にある格子窓を指差した。

何か黒い影が格子窓の向こうに見える。竈の火が赤くゆらめき、雲の切れ間から月光が差してひとの顔が格子窓の向こうに見えた。銀色に光る髪を振り乱し、目が青白い炎を発し、頬骨が突き出た恐ろしげな顔で、真っ赤な口が耳まで裂け

ている。

「お化けだ――」

とよが引きつった声でつぶやき、三人はそろって、わあっと悲鳴をあげた。

翌朝――、菜々は子供たちを連れて隣の家に謝りに行った。昨夜、台所の格子窓からのぞいたのは、隣家に住む椎上節斎《しいがみせっさい》という老人だった。

節斎は儒学者で、藩士の子弟を集めて塾を開いている。昨晩、節斎は無人の空家だと思っていた隣家の竈が焚かれているのに気づいて、泥棒でも入り込んでいるのではないか、と思って様子を見に来たそうだ。ところが、菜々たちが驚いて騒ぎ出し、窓越しに握り飯を投げつけるなどしてしまったのだ。

菜々が畳に額をこすりつけるようにして平謝りに謝ると、節斎は苦虫を嚙み潰したような顔で、

「化け物と間違えたのは怪《け》しからぬが、夜中ゆえ、やむを得ぬ。とはいえ、握り飯を投げつけるとは何事だ。食べ物を粗末にいたすのは、天地自然の理《ことわり》をわきまえず、人倫の何たるかをわきまえぬ所業であるぞ」

と容赦なく説教した。

節斎の顔はお化けに見誤られるほど、奇怪な容貌ではないが、それでも白髪を結わずに総髪にしており、鼻が高く頬がこけて細面の、猛禽《もうきん》を思わせる人相だった。節斎が門人から椎上先生と呼ばれ、敬われているとお舟から聞いたおり、菜々は、

——死神先生

と一瞬、聞き違えたが、さすがに、そんな名前はないだろう、と思い直した。それでも節斎の容貌は温厚な儒学者というより、死神と呼ぶ方が似合っている気がしてならなかった。節斎はひとしきり説教を終えた後で、

「ところで、お前たちは何者なのだ。母親にしては、そなたは若すぎるように思うが」

と怪訝な顔を向けた。

「このおふたりはご家中の風早市之進様のお子様でございます。わたしはお仕えする女中で菜々と申します」

「ほう、市之進の子か」

節斎は懐かしげな声音で言った。正助ととよを見つめる目がややなごんだようだ。

「旦那様をご存じでございますか」

「短い間だが、わしのもとに学びに参ったことがある。なかなかの俊秀《しゅんしゅう》であった。して、市之進の子が、なぜあのあばら家に住んでおるのだ」

訊かれて菜々はわずかにためらったが、偽りを言うのはよくないと思い、正直に話した。

「旦那様は昨日、突如、勢田獄に入られました。奥方様は既に亡くなられ、さらにお屋敷が召し上げられましたので、わたしがお二人をお連れしてこちらに参ったのです」

市之進が投獄されたと聞いて、節斎は目を細めた。

「なんだと。投獄されたとな。市之進はそれほどの悪事を働いたのか」

無遠慮な節斎の言葉に、菜々はむっとして声を高くした。

「旦那様はご立派な方で、間違ったことはなさいません。旦那様を牢に入れた方たちこそ間違っておられます」

菜々が言い募ると、節斎はにやりとした。

「わが主《あるじ》に僻事《ひがごと》なし、わが主に仇《あだ》なす者にこそ僻事あり、か。なるほど、そなたは忠義の者のようじゃな」

褒められたのかけなされたのかわからず、菜々が戸惑いを見せると節斎は、

「しかし勢田獄に入れられたとなると、容易ならんことだな。そなたたちは万一の場合も覚悟せねばなるまい」

と厳しい表情で言った。

「覚悟せよとおっしゃいますか」

市之進が帰ってくるのは難しい、と言いたいのだろうと菜々はすぐに察したが、そんなことを子供たちの耳に入れるのはどうかと思った。

「やっぱり、死神先生だ」

思わず菜々がつぶやくと、節斎は不審げに、

「なに、いま何と申したのだ」

と訊いた。菜々があわてて、

「いえ、何も申しておりません」

と言いつくろうと、節斎はじろりと睨んだものの、菜々の気持ちを汲み取ったらしく、それ以上は市之進のことを口にせず、

「武家ならば覚悟は常に持っておらねばならぬ」

と教え諭すように言った。

菜々は五日ほどかけて、どうにか家の中をきれいに拭き上げた。庭の雑草も抜いて、できるだけのことはしたが、割れた屋根瓦や剝落した壁土、腐った畳はどうにも手の施しようがなく、いまにもつぶれそうなぼろ家が何とか今年は持ち堪えそうだと思えるぐらいになっただけだった。

少しずつ家財道具をそろえたが、お舟は巧みに質流れの品を売り付けてくるので、お金はいくらあっても足りなかった。

(正助様には、これから学問や剣術の稽古をしていただかなければならないし、とよ様も稽古事にお金がかかるのに、これではもちそうにない)

なんとかしなければ、と台所仕事をしながら、菜々が考えていると、出し抜けに甚兵衛が裏口から入ってきた。

「甚兵衛さん、どうしたのですか」

「升屋の女主人に訊いたら、ここにいると教えてくれてな」

甚兵衛は手拭で額の汗をぬぐった。その様子から、菜々はまた何か悪いことがあったのではないかと見て取った。

「旦那様の身に何かあったのでしょうか」

　菜々が不安げに訊くと、甚兵衛は伏し目がちに答えた。

「旦那様は江戸送りになることが決まったそうだ。きょうの昼過ぎに勢田獄から四人駕籠で発《た》たれるが、家族の者は見送りをしてはならない、とお達しがあったそうだ」

　昼過ぎなら、いまから行けば間に合う、と菜々はとっさに思った。

「甚兵衛さん、すみませんがお子様方を見ていていただけませんでしょうか。わたしは、いまから勢田獄に行って、旦那様をお見送りしたいと思います」

「それは無理だ。見送りをしてはならんとお達しがあったと言ったばかりなのに、聞こえなかったのか」

「ご家族は許されないでしょうが、わたしは、ただの女中ですから」

　菜々は言い置いてすぐに裏口から外に出ると表の道へ向かい、そのまま駆け出した。辻を曲がったところで、お舟と行き合った。だが、お舟が何か話しかけようとした時には、菜々は風のように走り去っていた。

「なんだい、あの娘は。あんなにあわてて、つむじ風みたいに素っ飛んでいったけど、何があったって言うんだい」

　お舟は呆然としてつぶやいた。

勢田獄は町筋を抜けて、半里（二キロ）ほど行ったところにある。菜々が急ぎ足で通り過ぎる道筋に町家は少なくなり、田圃が見渡せるあたりまでたどり着くと、大きな門構えの屋敷が見えた。あれが勢田獄に違いないと、息を切らして菜々は門を見つめた。この牢屋敷に市之進は押し込められているのだ。しばらく眺めているうちに、鉄鋲《てつびょう》を打った門がゆっくりと開いた。菜々はそろりと道の端に寄った。

一文字笠をかぶり、羽織袴に手甲脚絆の旅姿をした武士が三人で先導し、人足がかつぐ駕籠が出てきた。百姓、町人の罪人は竹で編んだ鳥籠に似た唐丸《とうまる》駕籠に乗せられるが、武士は通常の駕籠で送られる。しかし、逃げられないように青網がかけられた駕籠は〈網乗り物〉と呼ばれ、重罪人の場合は錠前がかけられる。門から出てきた駕籠は〈網乗り物〉だった。中は見えなかったが、菜々はすぐに市之進が乗っていると感じた。

駕籠は城下への道筋をそれて、街道へ出る近道の、田圃に囲まれた細い道をたどった。

菜々はその後を目立たないよう追った。どうしても市之進に子供たちのことをしっかりと守っていると告げたかったが、どうやって伝えたものか考えあぐねた。

そうこうするうち、突然、駕籠が止まった。街道に出るすぐ手前に一本の松がある。そのあたりは城下の町を一望できるので、遠方に送られる囚人に国許と別れを告げさせるため、ひと目眺めるのを許す習わしがあった。

菜々ができる限り近づいて様子をうかがっていると、護送の役人が網をのけて、駕籠の戸を開けた。市之進が駕籠から身を乗り出して城下の方角を眺めた。髭はかなり伸びており、体はやや痩せたように見えた。

市之進の姿を見た菜々は、大きな声で、

「月草の仮なる命にある人をいかに知りてか後も逢はむと言ふ――」

と和歌を詠唱した。

佐知が好きだと言っていた万葉集にある和歌だと、市之進は知っているはずだ。「後も逢はむ」という言葉にまたお会いしたいという心を込めた。

市之進は声のした方に顔を向け、菜々に気づいて、わずかに白い歯を見せて笑った。

護送の役人は若い女が突如、道端で和歌を詠じたのに目を剝いたが、咎めるほどのことではない、と思ったらしく、何も言わず市之進に座るよううながして戸を閉めた。菜々は再び進み始めた駕籠を黙って見送った。

（旦那様にまたお会いできる日まで、わたしはお子様たちをしっかり守り抜いてみせます）

菜々は胸の中で市之進に呼びかけた。

どこまでも青い空を、高く鳶《とんび》が舞っている。

十六

江戸に送られる市之進を見送った翌日の朝、きょうからは、いよいよひとりで正助ととよの面倒を見なければ、と菜々はあらためて覚悟を決めた。なにはともあれ、さしあたって叔父の秀平に預けているお金を出してもらいに行こうと菜々は思い立った。

赤村に行っている間は、子供たちをお舟に見てもらうしかなさそうだ。正助ととよを連れて質屋の裏口から声をかけると、お舟は目を丸くした。

「うちは質草を預かりはするけど、子供は預からないよ」

「一日だけ何とかお願いします。大家さんのほかにお願いできるところはないのです」

菜々が何度も頭を下げて頼むと、お舟は渋々、しょうがないね、今日だけだよと言って引き受けた。菜々の後ろで面白いものを見るような目で代わる代わる顔をのぞかせている正助ととよが時々、

――おほねさん

と囁きあってくすくす笑っているのがお舟は気になって仕方なかった。

(お舟っていう名なんだってしっかり教えておかなきゃ)

一日預かれば、名前ぐらい覚えさせることができるだろう、と気軽に考えた。

子供たちを預けた菜々は、山道を急いで昼過ぎには赤村に着いた。

突然、訪ねてきた菜々に、秀平は口をあんぐりと開けて、

「いったいいままでどこでどうしていたんだ。風早様がお咎めを受けたと聞いて、心配してお屋敷まで行ってみたら、門に竹が組んであって、出入りもできず、お前の行方もわからなかったぞ」

とまくし立てた。部屋にいた宗太郎が声を聞きつけて顔を出し、お勝も急いで奥から出てきた。

「そうだ。随分心配したんだぞ」

「どこにいるのかぐらい、知らせなきゃ駄目じゃないか」

と口ぐちに言い立てた。菜々はすみません、と頭を下げた後、残された市之進の子の正助ととよを引き取って育てていくつもりだ、と話した。

「なんだってそんな面倒を引き受けなくちゃならないんだ。お前がすることじゃないだろう」

秀平は心配半分でむきになって言う。宗太郎が厳しい顔をして口を開いた。

「それは、風早様に頼まれたのか」

菜々は何も言わずにうなずいた。お勝が疑《うたぐ》り深そうな目で菜々を見た。

「お武家様が、女中にお子を預けなさるなんて、妙な話だね」

「ほかに頼る家もおありではなくて……」

菜々の弁明を聞いたお勝は、さらに言い重ねた。

「そんなこと言ったって、お子を預けるってことは後添えにするおつもりがあるのかね。ひょっとして風早様はそんな約束をしてくださったのかい」

いいえ、と菜々は頭を振った。市之進はそう言ってくれたが、それは無理な話だと菜々は思っているので、言わずにおいた。

「わたしは、亡くなられた奥方様に妹のようにかわいがっていただきました。お子様方をお預かりするのは奥方様へのご恩返しなんです」

嘘を言っているわけではない。本当にそんな気持ちなのだ、と菜々は言いたかった。けれども、心の隅では子供たちを育てて、市之進の役に立ちたいと願ってもいた。江戸へ送られた市之進が戻るまで子供たちを守るのは、市之進への想いがあるからだと、菜々は自分の心を感じ取っていた。

宗太郎はそんな菜々の心の動きに気づいたのか、

「菜々はもう嫁にはいかないつもりか」

と訊いた。菜々は首を横に振った。

「いまはお子様方を守らなきゃいけないという思いでいっぱいだから、ほかのことは考えられなくて」

「そうか――」

宗太郎はがっかりしたように肩を落とした。落胆する宗太郎を憐れむ目で見た秀平が、言葉をはさんだ。

「どうしても、お子様方を育てたいというのなら、ここにお連れしてはどうだ。贅沢はさせられないが、食うには困らないぞ。菜々も落ち着くところに身を置いて、これからのことを考えればいいじゃないか」

「叔父さんのご親切はありがたいのですが、坊っちゃまは風早家の跡取りですから、ご城下に住まなければなりません。坊っちゃまもお嬢様も、これからご城下で学問や習い事をなさり、ご立派になられるんです。それをお助けするのが、わたしの役目だと思います」

菜々は、秀平の目を真っ直ぐに見てきっぱりと言った。秀平は当惑した表情をして応じた。

「そんなことを言ったって、ご城下で暮らすには金がかかるぞ。それをどうするんだ」

「ですから、今日は母さんが遺してくれたお金を受け取りにきました。それから父さんが遺した本も持っていきたいんです」

市之進から父が遺した書状のようなものはないか、と訊かれたのを菜々は思い出していた。父の遺品が入れられた葛籠に入っていたのは、和歌の書物だけだったと思うが、一応持ち出しておいた方がよさそうな気がした。

「お前のものだから、持っていくのは構わないが、身銭を切ってまでお子様方を育てる義理はないと思うがな。それにいくら金があっても日々の暮らしに使えば、すぐになくなってしまうぞ」

「ですから、働こうと思っているんです」

「なんだと――」

秀平は目を剝いた。菜々はずっと考えてきたことを淡々と語った。

「野菜を分けてもらって、お城下で売ろうと思います。それに藁《わら》も分けてもらえたら、草鞋を作って売ったらどうかと」

お勝があきれたという口振りで言った。

「そんなことしたって、たいした稼ぎになりはしないだろうに」

「わたしとお子様方が食べていくだけ稼げればいいのです」

秀平が吐息をついて腕を組んだ。

「野菜や藁を分けるのはかまわないが、それを取りにご城下から通ってくるのは、たいへんだぞ」

足は強いから大丈夫です、と菜々が言おうとして口を開きかけた時、宗太郎が何気ない口調で言った。

「野菜と藁なら、五日に一度、おれが届けてやる」

「そこまで迷惑はかけられないから」

あわてて菜々が手を振ると、宗太郎はむっとした顔で応じた。

「菜々のところに野菜を持っていくのが、なぜ迷惑なんだ。朝早く村を出ればいいだけで、早起きは慣れているからたいしたことじゃない。それに、野菜を届ければ菜々がどんな暮らしをしているかわかるしな。危なっかしくて放っちゃおけない」

「だけど——」

菜々が困ってうつむくと、秀平が横合いから口を添えた。

「いや、その方がいい。野菜を分けてやるからには、こっちの言い分も聞いてもらうぞ。お前に何かあったら、わしは死んだ姉さんに顔向けできないんだからな」

秀平の言葉に、珍しくお勝が同意した。

「そうだよ。親戚の娘がご城下でのたれ死にしたら、わたしらまで恥ずかしい思いをするんだからね」

何も、のたれ死ぬなどと言わなくてもいいのに、と思ったものの、野菜を届けてもらえるなら、随分と助かる。ここは甘えておこう、と菜々は頭を下げた。

「すみません。いつか、きっとご恩返し致します」

宗太郎に住んでいる家の場所などを教えた後、菜々は奥にある納戸に行き、押入れの棚から父の遺品が入っている葛籠を引っ張り出した。開けてみると、以前見た通り、和歌の書物がぎっしりと入っていた。

書物の他に数冊の絵草子《えぞうし》もあった。ふと懐かしい心持ちがして、絵草子を取り出して、ぱらぱらとめくった。父の長七郎が江戸土産に持ち帰った絵草子で、菜々は子供のころ何度も喜んで見返したものだ。絵草子を繰《く》るうちに、菜々は思わずにこりとした。中の一冊に描かれているのは、

――駱駝《らくだ》
だった。駱駝は文政四年（一八二一）にオランダ船が運んできて長崎商人に売られ、大坂や江戸で見世物になって大変な評判になった。浮世絵や絵草子にも多く描かれており、菜々は幼いころ絵で見た駱駝を、

「なんて、変な生き物だろう」

と不思議に思って、飽きずに繰り返し眺めたものだ。

（正助坊っちゃまと、おとよお嬢様がお喜びになるだろう）

よい土産ができたと喜んだ菜々が、何か他にも子供たちが喜ぶ物がないかと葛籠の奥を探ると、硬い物が手に触れた。つかんで取り出してみれば脇差だった。

父の大刀はどこへ行ったかわからないが、脇差だけは母は大切にしまっていたのだ。

菜々は柄を握って脇差をそろりと抜いた。氷のようにつめたい色をした刃が、きらりと光った。刃紋《はもん》を見つめていると、父が轟平九郎に罠にかけられ、切腹に追い込まれたことが思い起こされた。そして市之進もまた平九郎の策略によって咎めを受け、江戸送りとなった。

自分にとって大切なひとをふたりまでも奪った平九郎が憎い、とあらためて思う。壇浦五兵衛に剣術の稽古をつけてもらい、父の仇を討ちたいと願ったことも思い出す。

(もし旦那様が江戸からお戻りになれなかったら、その時は――)

平九郎を討ちたい、と思ったが、同時に、

――女子は命を守るのが役目であり、喜びなのです

と諭した佐知の言葉が胸に甦った。自分が仇討ちなどしても、奥方様は喜ばれないだろう。そう思いながら菜々は脇差を鞘に納めた。

菜々が赤村から野菜と書物が山盛りに入った籠を背負って戻ると、お舟は帳場

でげんなりした顔をしていた。店の奥から正助ととよのはしゃぐ声が聞こえてくる。菜々が頭を下げて、

「お子様方を楽しませて下さってありがとうございます」

と礼を述べると、お舟は口をゆがめた。

「朝から一日中、蔵の質草を引っ張り出しては遊んでいたよ。わたしはそれを片付けるのでへとへとさ」

そうだったんですか、とすまなそうな顔をして頭をさらに下げかけた菜々は、ふと思いついて訊いた。

「大八車の質流れなんてありませんよね」

野菜を売り歩くのに、籠に入れていくより大八車を引いた方が、店代わりになるのではないだろうか、と帰る道々、考えてきたのだ。しかし、まさか大八車を質に入れるひとはいないだろうと思っていた。ところが、お舟は勘定高い顔になり、にやりと笑った。

「あるよ。安くはできないけどね」

しまった、別な聞き方をして、あるかないかだけ確かめればよかった、と菜々は後悔したが、すでにお舟は帳簿を開き、算盤を弾いて、大八車の値を決めよう

としている。

結局、賃料を払って大八車を借りる約束をさせられるはめになり、子供たちを連れて家に帰った。もらってきた野菜を煮炊きして夕餉を食べた後、土産の絵草子を取り出して見せると、ふたりとも目を輝かせて喜んだ。特に駱駝の絵はふたりの気に入ったようだった。

「駱駝ってこんなに大きいのですね」

とよは目を真ん丸にして言った。正助が、

「おかしな顔をしてる」

と吹き出すと、とよは睨んだ。

「兄上、おかしな顔じゃなくて、やさしい顔をしていると思います」

「そうかな。大きくて恐そうじゃないか」

「恐くなんかありません」

「でも、夜中に庭から出てきたら恐いだろう」

脅かすように言われたとよは、意地を張って、恐くないと言おうとして、やはり恐いと思ったのか、目に涙が滲んできた。

子供たちのかわいらしさに胸がいっぱいになった菜々は、思わず涙が出そうに

なってどうにかこらえ、

「大丈夫でございますよ。菜々は剣術を教わっていますから、夜中に駱駝が出てきても、えいってやっつけて差し上げますよ」

と言った。正助ととよは顔を見合わせた。ふたりとも、かつて菜々が狂犬を傘で倒したのを思い出したらしい。正助がつぶやくように、

「菜々は強くていいなあ。わたしも剣術を習いたい」

と言った。菜々は、はっとした。正助に剣術の師匠を探さねばならない、と考えてはいたのだが、これからの暮らしのことばかりに目が向き、なおざりにしていた。正助坊っちゃまに申し訳ないことをした、と胸が痛んだ。と思った瞬間にひらめくものがあった。

（そうだ、だんご兵衛さんに稽古をつけてもらえばいい）

五兵衛には、まだ団子の貸しが残っている。自分が稽古をつけてもらうつもりだったが、その分で正助に教えてもらおう。五兵衛はあれでも一応、藩の剣術指南役だし、師匠にして恥ずかしくないのではないか。よいことを思いついたと心が浮き立ってくると、頭の働きがよくなるのか、次々にいい考えが浮かんでくる。

（学問の師匠なら死神先生がいる）

そうだ、すぐ隣に立派な師匠がいるのだ、といまさらながら気づいた。野菜を売り歩く間、正助坊っちゃまには椎上先生の塾に通っていただけばいい。そうなると、とよが家でひとりぼっちになるから、どうすればいいか思案のしどころだ。まさか、大八車にのせて連れ回るわけにもいかないだろう。この日の夜、菜々はあれこれ考えをめぐらしながら、寝《しん》についた。


翌日、菜々は子供たちを連れて、まず壇浦五兵衛の屋敷に行った。

五兵衛の屋敷はいま住んでいる家にほど近い巴橋を渡ってすぐの橋詰にある。このあたりを巴町《ともえまち》と呼び、菜々たちが住んでいる一帯が湧田町ということは、お舟の質屋に通い始めたころに聞いていたが、これほど近いとは思わなかった。

五兵衛はひさしぶりに訪ねてきた菜々を道場にあげたが、子供たちが一緒なのを見て、首をかしげた。道場で向かい合って座ると、五兵衛は開口一番、

「妙な頼み事に来たのではあるまいな。風早殿の一件は聞いておる。気の毒だとは思うが、よもやわしがそなたたちを引き取るなどとは思うておるまいな」

と口火を切った。菜々は勢いよくうなずいた。

「もちろん、そんなこと思っておりません」

あっさり返された五兵衛は、肩すかしを食ったような顔をした。

「では何をしにきたのだ」

「剣術の稽古をつけていただきたいのです」

「稽古なら、以前からつけてやっておるではないか」

「わたしの代わりに正助坊っちゃまの稽古をしていただきたいんです」

「なんだと」

五兵衛は驚いて正助を見た。稽古をつけてもらいたいと願っている正助は、真剣な眼差しを五兵衛に向けている。子供から畏敬の念を込めて見つめられて、悪い気がしなかったのか、五兵衛はごほん、と咳払いをして、

「まあ、よかろう。風早殿のご子息なら、いずれ家督を継がれるであろうし、わしも教え甲斐があるというものだ」

ともったいをつけて応じた。

ありがとうございます、と礼を述べた菜々は、五兵衛の気が変わらぬうちに帰ろうと子供たちを連れてそそくさと暇を告げた。急に訪ねてきたかと思うと、さっさと帰っていく菜々に五兵衛は首をひねったが、正助に稽古をつけるよう頼まれただけだったことに、ほっとした表情を浮かべていた。

菜々たちは、その足で椎上節斎のもとを訪ねた。ここでも正助の入門を申し込んだが、もうひとつ頼み事があった。正助が学ぶ間、とよも一緒にいさせてもらいたかった。菜々がそう口にすると、節斎は苦い顔をした。

「わしは幼子の子守をいたす暇などない。学問を教えるのに忙しいのだ」

「それは存じ上げておりますが。正助坊っちゃまが塾に通われる間、わたしは働きにいきますので、おとよお嬢様はひとりぼっちになってかわいそうでございます」

「それは、そなたたちの事情であり、わしとは関わりがない」

無表情に冷然と言い切った節斎だが、正助ととよがじっと見つめているのが気になったのか、

「それで、そなたはどんな仕事で働きに出ると申すのだ」

と話を逸らした。

「大八車で野菜を売りに行きます」

「野菜を売るだと？」

「それに草鞋も作って売ろうかと思っています」

「主家の子を養うために、野菜売りになると申すのか」

「働かなければ食べていけませんから、そうしようと思いました」

当然だ、という顔をして、菜々はにっこり笑った。節斎はため息をついて言った。

「やむを得ぬな。子供たちを預かろう」

十七

二日後――

宗太郎が朝方から野菜を入れた大きな籠を担いでやってきた。菜々たちが住んでいる軒が傾いた家を見て、

「こんなひどい家に住んでいるのか」

と驚いた。菜々は平気な顔で応えた。

「家賃がとても安いから」

そうなのか、とうなずきながらも、宗太郎は勝手口から台所に入り、籠を下ろ

して煤けた天井を見上げた。菜々が懸命に掃除したものの、いつの間にか蜘蛛の巣が張ってしまっている。

まるで、お化け屋敷だな、と宗太郎が小声で言うと、奥の部屋から出てきた正助ととよが、その言葉を聞きつけて、

「お化けがいるんだって」

と騒ぎ出した。菜々があわてて、坊っちゃま、お嬢様、お静かにしてください、と大声を出すと、ふたりは笑いながら奥へ走っていった。そんな様子を見て、宗太郎はぽつりとつぶやいた。

「菜々は幸せそうだな」

「生きていくのに一生懸命なだけだよ」

あっけらかんと応える菜々を見て、宗太郎は少し笑った。

「子供たちへの気持ちだけで幸せなんじゃないだろう。おれには菜々の気持ちがわかっている」

「わたしの気持ちって？」

「風早様への気持ちだ」

さりげなく言う宗太郎に何と応えていいかわからず、菜々はうつむいた。素知

らぬ顔をして宗太郎は言葉を続けた。

「隠したって駄目だ。お子様方を育てるのは、亡くなった奥方様へのご恩返しもあるだろうが、風早様への思いがあってこそできることぐらい、おれにだってわかる」

「そんなことは――」

「いや、おれにも菜々への思いがある。だからわかるんだ」

「宗太郎さん――」

「菜々はその思いを貫いたらいい。おれもそうする。ふたりともくじけないで、貫き通せたらいい、とおれは思っている」

菜々は悲しげに頭を振った。

「宗太郎さんに野菜を届けてもらうのは、申し訳ないと思う。わたしは何もこたえられないから」

「なに言ってるんだ。これはおれの思いでやることだと言っただろう。たとえ菜々が断ったって届けるのはやめない。そういうものだから気にするな」

宗太郎はやさしい目をして念を押すように言った。

「いいか、ずっとだぞ」

そう言い残した宗太郎は、空になった籠を背にかついで勝手口から出ていった。あわてて見送りに出た菜々は、振り向かずに歩み去る宗太郎の背に向かって頭を下げ続けた。いつの間にか目に涙があふれていた。

この日の昼過ぎ、菜々は野菜を入れた籠を大八車に積み、行商に出た。正助ととよは節斎に預かってもらっている。

町筋を十町（約一・一キロ）ほど進んで辻に大八車を止め、野菜を並べて客を呼ぶ声を張り上げたが、足を止めるひとはいなかった。通りがかりに町屋の女房らしい女がちらりと野菜に目を走らせるが、菜々の呼びかけに耳を貸す素振りは見せなかった。

あまりに客が寄ってこないことに菜々は愕然とした。夕方まで引いて回ったのに、何ひとつ売れずにしおしおと家に戻った。

日持ちしない葉物の野菜は、大八車の賃料代わりに引き取ってもらおうとお舟のところに持っていった。帳場にいたお舟は、野菜を値踏みして算盤を弾いたうえで、

「売れなかったのなら、しょうがないね。きょうのところは賃料代わりに引き取

ってやるけど、明日からはそういかないよ」

と告げた。菜々はうなずきながら、ため息をついた。

「どうしたら野菜を買ってもらえるんでしょうか」

「なにを言っているんだい。誰だって命よりお金が大事だと思ってるんだ。そのお金を出させようってんだから、命をくれって言っているのと同じさ。商売が最初からうまくいくわけはないよ」

お舟は煙管を取り出して煙草を詰め、火を吸いつけた。

「これからも売れないのですか。そうだったら困ります」

「質屋をやっていると、いろんな商売人が来るんでね。商売がうまくいくやり方はわからないけど、どうやったらしくじるかはわかるようになったよ」

お舟は煙草の煙をふうと吐き出して、にやりと笑った。菜々はすがる思いで訊いた。

「どうしてしくじるんですか」

「続けないからだよ。うまくいかないからって、すぐにあきらめてしまうのさ」

「じゃあ、あきらめないで続けたら、うまくいきますか」

それなら自分にもできるかもしれないと思って菜々は目を輝かせたが、お舟は頭を振った。

「そうとは限らないよ。いくら続けてもうまくいかない商売なんてざらにあるからね。だけど、続けないことには話にならないのさ。物を売るってのはお客との真剣勝負だと思うね。勝負するには、まずお客に信用してもらわなきゃいけない。あいつは、雨の日だろうが、風の日だろうが、いつもそこにいるってね」

「いつもいるんですね」

「そうでなきゃお客はつかないよ。あいつは変わらないなって思ってもらえた時に、ぼつぼつ買ってくださるお客がつくようになるのさ」

お舟の言葉を真剣な目をして聞いていた菜々は、しばらく考えた後、

「わかりました。わたしはいつもそこにいるようにします」

と言った。お舟はふっと鼻の先で笑い、煙草盆の灰吹きに煙管を打ちつけて吸殻を落とした。そして、また煙草を詰めながら、

「それから、このあたりの行商や物売りは湧田の権蔵《ごんぞう》というやくざ者が仕切っていてね、もし何か言ってきたら、わたしが話をつけてやるよ。ただし場所代ってことで、金は出さなきゃいけないけどね」

と言い添えた。菜々は少し戸惑ったが、やがてきっぱりと言った。

「わたしは、謂れのないお金は出しません」

眉根を寄せてお舟は菜々を見た。

「そんなこと言ったって、乱暴されたら困るのはあんただよ。よく言うだろう、長い物には巻かれろって」

「わたしはお武家様に奉公している身ですから、没義道《もぎどう》なことを見逃すわけにはいかないんです」

「没義道とは、大げさだよ」

顔をしかめるお舟に礼を言って菜々は戻っていった。明日からは同じ辻に立ち続けようと心に決めていた。


この日の夜から、菜々は宗太郎が持ってきてくれた藁で草鞋を編み始めた。

野菜は季節物でいつもは売れないが、草鞋なら儲けは少なくても作り置きができる。鏑木藩の城下町は街道から近くて商家もかなりあり、通り過ぎる旅人も多いから、草鞋を買ってくれるひともいるはずだ。それに菜々は城下に来てから気づいたことがあった。

城下の店で売っている草鞋は傷みやすいのだ。赤村のひとが作る草鞋はもっと丈夫だった。旅人に売る草鞋はわざと切れやすくして、数を買わせようとしている気がする。だから赤村で作っていたような草鞋を作れば買ってもらえるのではないか、と考えた。

夜遅くまで草鞋を編み続けた菜々は、翌朝早くに起きると朝餉を作り、弁当を持たせて正助ととよを節斎のもとに預けにいった。それから、大八車を引いて昨日の辻へ向かった。だが、この日もいくら懸命に呼びかけても、野菜を買ってくれる客はいなかった。

そんな日が二、三日続いた。売り損ねた野菜はお舟や節斎、さらには五兵衛の道場まで持っていくしかなかった。

五兵衛は喜んで受け取ったが、菜々に元気がないのに気づいて、

「どうしたのだ。顔色が悪いぞ」

と気遣う風を見せた。菜々は、なんでもありません、と応えて帰ったが、五兵衛が空腹を抱えて鏑木藩に来たころの気持ちがわかる気がした。それからも辻に立ち続けたが、いっこうに野菜は売れなかった。少し値を下げてみるなどしたが、それでもだめだった。五日目に新しい野菜を届けにきた宗太郎は、売れていないことに気づいたようだが、何も言わずに帰っていった。

辻に立ち始めてわかったのは、悪天候の日は思ったよりも多いということだった。よく晴れていても風が強かったり、曇り空でも暑い日はある。砂ぼこりで野菜を汚すこともあった。まして雨の降る日がこんなに多いなんて、いままで気づきもしなかった。小雨だと降ったという気すらしなかったが、道端に立っているいまは、わずかな雨でも野菜が濡れれば売り物にならない、とあわててしまう。

雨に着物がぐっしょり濡れて、野菜も売れず、重い気持ちを抱えて大八車を引いて帰る時は、情けなくて涙が出そうになった。

それでもお舟に言われたことが頭にあった。

（いつも、ここに立っていなくちゃ。そして顔を覚えてもらわなければ）

それから必死の思いで辻に立ち続けて、十日ほどたったころ、大八車の前に商家の女房らしい女が小さな女の子の手を引いて立った。

「その大根を一本くださいな」

耳を疑う気持ちで女の言葉を聞いた菜々は、あわてて頭を下げて大根を渡した。女がにこりとして受け取り、渡してくれた銭を菜々はしみじみと見つめた。この日から、ぽつりぽつりと客が来るようになった。

それとともに、草鞋も売れ出した。こちらは案外、早くに評判になり、目当てに買いにくる客も増えた。そんな客が、ついでに野菜も買ってくれたりする。日を追うごとに、菜々は張り切って辻へ向かうようになった。

晴れ渡った空が抜けるように青い日、菜々が大八車を引いていると、急に軽くなった気がした。おかしいと振り向いたら、塾に行ったはずの正助ととよがふたりして後ろから押していた。

「坊っちゃま、お嬢様、どうなさったのですか」

思わず立ち止まって訊くと、正助がにこにこして、

「先生にご用ができて、塾がお休みになったんだ。それで、休みだと思ってなまけてはいけないので、菜々の仕事を手伝いなさいって、先生がおっしゃったから」

「坊っちゃま方が物売りなんかなさってはいけません。お帰りください」

菜々が驚いて言うと、正助は頭を振った。

「先生が、菜々は一人で働いて暮らしを立てているから立派だって褒めて、菜々を手伝って見習いなさいっておっしゃられた」

正助が言うと、とよもにっこりして口真似した。

「見習えって」

武家の跡継ぎである正助やとよに物売りをさせていいものだろうか、と菜々は迷った。しかし、いまさら家にふたりだけで帰すのも、気がかりだ。ためらいながらもうなずいて、ふたりに大八車を押してもらいながら、辻へ向かった。

正助ととよはひそひそと何やら楽しそうに話したり、時おり笑い声をあげながら力を合わせて押してくれた。いつもと違って大八車を引いていくのが楽になって、どことなく心が弾んだ。その軽さがひどく幸せなことのように感じられて、菜々の顔には微笑が浮かんだ。

やがて辻に着くと、待っていたかのように客が二、三人やってきた。子供たちも菜々を真似て、

「いらっしゃいませ」

「ありがとうございます」

と声をあげた。

忙しく野菜を売っているうちに昼近くになり、ようやく客が途切れた。ほっとしてすぐそばの築地塀に寄りかかり、三人で弁当の包みを開いた時、三人の男が

ゆっくりと近づいてきた。着流しの町人で、どこか崩れた感じがする。

（やくざ者だ――）

菜々は緊張した。お舟からやくざ者が場所代を取り立てに来るかもしれない、と聞かされていたのを思い出した。

三人の中でも三十歳くらいで年かさの、痩せて頰に傷がある男が目の前に立ち、

「ちょっと話があるんだがな」

と横柄な口調で言った。正助ととよが驚いて菜々にぴたりと身を寄せた。

「なんでしょうか」

立ち上がって子供たちを後ろ手にかばい、菜々は切り口上で言い返した。男はにやにやと笑った。

「おれたちは、湧田の権蔵一家の者だ。この往来で商売をするなら、権蔵親分に挨拶してもらわなくちゃならねえな」

「挨拶って場所代のことですか」

「わかりが早いじゃないか」

男が言うのを合図に、ほかのふたりのやくざ者も懐手をしたまま、菜々を取り囲むように近寄った。菜々は男たちの顔をうかがいながら、大八車に縄でくくり

つけている木刀にそっと手を伸ばした。素振り用に五兵衛がくれた木刀だった。野菜を狙ってくる野良犬や猫を追い払うためにいつも持っている。

「わたしは、謂れのないお金は払いません」

菜々がきっぱりと言うと、にやにや笑っていた男の形相が険悪になった。

「なんだと、もう一度、言ってみろ」

「何度でも言います。謂れのないお金は払いたくありません」

重ねて言いながら、菜々は木刀の柄を握って引き寄せた。それを見た男は、

「そんなら、権蔵親分の前で申し開きをしてもらわなくちゃならねえ」

と言って、いきなり菜々の腕をつかまえようとした。その瞬間、菜々は体をひねってかわすと同時に、木刀で男の手を打ち据えた。

——わっ
男は悲鳴をあげて手首を抱え込んだ。菜々は木刀を正眼に構えながら、

「わたしはいつもここにいます。どこにも行きません」

と低い声で言った。

「こいつ」

「ふざけるな」

ふたりの男が両側から飛びかかった時、菜々の体が自然に動いた。かつて五兵衛が見せてくれた、

――燕飛

の形だった。右側から飛びかかってきた男の鼻先を打ち、そのまま木刀をまわして左側の男のすねを払った。ふたりが怯む間に、肩、腕、足を立て続けに打っていく。ふたりはうめき声をあげて地面に倒れた。その様を見た痩せた男が、懐から匕首《あいくち》を引き抜いた。

刃が日差しにきらりと光ったが、菜々は恐ろしいとは思わなかった。以前、狂犬から佐知と子供たちを守った時のことを思い出していた。

（このひとを狂犬だと思えばいい）

男は匕首を構え、目をぎらつかせて菜々を睨んでいた。

「この野郎」

猛然と男が飛びかかってきた。菜々は恐れずに踏み込んで突いた。木刀の先端を喉に受けた男は、ぐわっとうめき声をあげて仰向けに倒れた。それを見て正助が、

「やった」

「菜々は強いね」

と菜々に飛びついた。地面に転がった男たちがうめいているところに、

「どうした、お前ら」

野太い声が響いた。男たちがはっとして、声のした方を振り向き、怯えた声で、

「親分――」

と口々に言った。茶の縞《しま》の着物に博多帯を締め、黒っぽい袢纏《はんてん》を着た、見上げるような身の丈の巨漢だった。六尺は越しているだろう。額が狭くて髪がまばらで後頭部に小さな髷《まげ》を結っている。眼窩《がんか》がくぼんで目の表情が見えづらく、鼻が太く頬骨が突き出たいかつい顔をしている。

大男がのっそりと大股で近づいてくるのを見て、とよが小さな声で言った。

「駱駝みたいだ」

十八

「おれは湧田の権蔵だ。どうやらうちの若い者が世話になったようだな」

権蔵が、くぐもったどすの利いた声で言った。菜々は木刀を構えて後退りしながら、

「あのひとたちが乱暴しようとしたから身を守ろうとしただけです」

と言葉を返した。

「いきなり乱暴しようとしたのか?」

「初めは場所代を払えと言われました」

「そうだろう。だったら、その話をすればよかったんじゃあないのか。お前がここで商売しているのは前からわかっていた。挨拶があるだろう、と待っていたが、何もないからどういうつもりか訊きにいかせたんだ」

「わたしは謂れのないお金を払いたくないのです」

菜々が声を振り絞って言うと、権蔵はくっくっと笑った。

「謂れならあるさ。往来で勝手に商売をされちゃ、道を通る者の妨げになるし、他の店の迷惑にもなる。だからおれがうまくおさまるように皆の世話をしているんだ。世話の手間代ぐらい、もらうのは当たり前だろう」

そう言うと権蔵はゆっくり菜々に近づいてきた。権蔵が近づくにつれ日差しを遮られ、あたりが暗くなったような気がした。

「近寄らないで――」

菜々が叫んでも、権蔵は鼻で笑っただけで手を伸ばしてきた。菜々が木刀で避けようとした瞬間、権蔵の手が木刀をつかんでいた。

凄まじい力だった。権蔵は菜々から木刀をひったくるなり、両手でつかんでぽきりと折ってしまった。

菜々は子供たちをかばいながら少しずつ後退った。その時、権蔵は怪訝な顔をして、

「お前、若いのに、そんな大きな子がいるのか」

と訊いた。菜々は首を横に振った。

「違います。このおふたりはわたしがお仕えしているお武家様のお子様方です。

大きくなられたら家を継がれて、立派なお侍や奥方になられるのです。無礼があったら許しませんよ」

「無礼を許さんだと。とことん生意気なことを言う娘だ」

権蔵はあたりを見回すと、大八車に気づいて近寄り、大八車の車輪に手をかけて抱え上げた。残っていた野菜があたりに散らばった。

「無礼とはこういうことを言うんだ」

権蔵は頭の上に抱え上げた大八車を菜々たちに投げつけんばかりに構えた。

「やめてください。その大八車を壊されると持ち主に弁償しなければならなくなります」

菜々は必死で言った。お舟の顔が頭にちらついた。大八車が壊れたら、お舟は容赦なく金を取り立てるだろう。

菜々の切羽詰まった顔を見て、正助が小走りに権蔵に駆け寄り、

「やめろ。大八車を壊すな」

と言いながら、足に飛びついた。権蔵が軽く足で払うと正助は地面に転がった。

「坊っちゃま──」

菜々が正助を助け起こそうとする傍らで、とよが権蔵に近づいた。手に小石を

持っている。

「お嬢様、いけません」

菜々が叫ぶが、とよは知らぬ顔で、小石を持った手を振り上げ、

「大八車を返すのです。さもないと、こうしますよ」

と大人ぶった声で言った。権蔵は顔を強張らせてとよを見つめている。とよは権蔵が言うことを聞かないと見て、えいっ、と声をあげて小石を投げた。小石はふわりと飛んで権蔵の足の甲に落ちた。

「痛いでしょう」

とよは、参ったか、という顔をして権蔵を見上げた。すると権蔵は本当に痛がるかのように、顔をゆがめて、ゆっくりと大八車を下におろした。

菜々がびっくりして見つめる前で、権蔵はまだ倒れている子分たちを蹴飛ばして、

「地面に落ちた野菜を拾ってお戻ししろ」

と命じた。子分たちがあわてて野菜を拾い集めるのを横目に、権蔵は頭を下げて、

「すまなかった」

と謝り、とよに顔を向けた。

「お嬢様は何というお名前でございますか」

「とよと申します」

権蔵が急におとなしくなったことにびっくりして、きょとんとしながらとよが答えると、権蔵は口の中で何度かとよの名を繰り返した。そして、また深々と頭を下げてから背を向けて去っていった。野菜を拾い集めて大八車に載せた子分たちが、権蔵の後を追った。

何が起きたのだろう。菜々はわけがわからず、あっけに取られて権蔵の大きい背中を見送った。

数日後——

菜々が子供たちと台所で朝餉を食べている時、庭の方からひとの話し声が聞こえてきた。何かあったのかと思い、縁側に出ると子供たちも後からついてきた。

庭先を見た菜々はあっと息を呑んだ。先日、騒動を起こした湧田の権蔵がお舟と何事か話しながら立っている。まわりには四、五人の職人らしい風体の男たちがいて、屋根を見上げたり、家の中を覗き込んだりしていた。

とよが、権蔵を見て、

「駱駝の親分だ」

とつぶやき、正助を振り向き誇らしげに言った。

「兄上、やっぱり庭に駱駝が来ても恐くないでしょ」

正助は眉をひそめて、ううむ、とうなった。菜々は子供たちの話に構わず、下駄を履いて庭に下り、お舟に声をかけた。

「どうして、このひとが来ているんですか」

不審げな菜々の顔を見たお舟は、苦笑いして答えた。

「あんたら、この間、権蔵さんに会ったらしいね。今朝方、急に訪ねてきて、あんたらに迷惑をかけたから、お詫びに家をきれいにさせてくれって言い出してね。もう、職人も連れてきているんだよ」

驚いた菜々は、権蔵に向かって頭を振ってみせた。

「そんなことしていただくわけにはいきません」

だが、権蔵は平気な顔だった。

「ここは、借家だろう。大家が造作《ぞうさく》を直すのを承知したんだ。あんたが断る筋合いはない」

「でも、こんなことしてもらう理由がありません」

「わけなんかどうだっていいだろう。連れてきたのは皆、うちの賭場で借金をこさえた大工や左官に畳職人たちだ。博打《ばくち》はやるが腕のいい連中だから、まかせても大丈夫だ。連中もこれで借金が帳消しになると喜んでいるしな」

権蔵はそう言うなり職人たちに、さっさとかかってくれ、と大声を張り上げた。

職人たちがすぐに動き出すと、菜々は叫んだ。

「待ってください。まだ、話はついていません」

職人たちが困惑して顔を見合わせるのを見た権蔵は怒鳴った。

「話はおれがつける。すぐにやるんだ」

菜々の手を引っ張って庭の隅に連れていった権蔵は、凄みを利かせた低い声で言った。

「この話は他の奴にするんじゃないぞ。実は、おれにはあのお嬢様と同じぐらいの娘がいた」

「おとよ様のような娘さんが？」

「そうだ。酒を飲んで喧嘩に明け暮れて帰ってくるおれを、いつもそんなことしちゃいけないって叱ってくれた」

大八車を振り上げた時、とよに叱られて娘を思い出したのか、と菜々にもわかった。

「ところが、ある時、おれは喧嘩沙汰でひとに傷を負わせて牢に入った。ようやく牢から出て家に戻ってみれば、娘は流行病《はやりやまい》で亡くなって小さな棺桶に入っていた。娘を葬ってから女房は家を出ていった。それからずっと、おれはひとりぼっちだ。そしてな、あの娘に親らしいことを何にもしてやれなかったのに、あんなにちっちゃい体で、いつもおれの乱暴を叱ってくれたって、いつも思い出すんだ」

「そうだったのですか」

菜々には権蔵の悲しい気持ちがわかる気がした。とよに投げられた小石が足に当たった際、権蔵は本当に痛かったのだろう。

「だから、おれは、あのおとよ様がこんなおんぼろの家に住んでいるのが気の毒で我慢がならねえんだよ」

おんぼろの家というところだけ、権蔵はお舟に聞こえるように大声で言った。

さすがに耳に入ったのか、お舟が嫌な顔をした。

「そういうわけだから、今日のところはお詫びにおれの好きなようにさせてくれ」

権蔵の言葉には真情がこもっていた。菜々は頭を下げて、素直な気持ちで礼を言った。

「わかりました。ありがとうございます」

その様子を見て、職人たちは仕事を始めた。正助ととよが駆け寄ってきて、

「菜々、家がきれいになるの？」

と訊いた。菜々はにっこり笑ってうなずいた。

「そうですよ。駱駝の親分さんのおかげです」

権蔵は、首をかしげた。湧田の親分ではなく、らくだの親分と言われた気がしたが聞き間違いだろう、と思った。お舟がぷっと吹き出したのが気になったが、

「それじゃあな」

と言い置いて、背を向けた。すると、とよが後ろからかわいい声を張り上げた。

――ありがとう駱駝の親分さん

権蔵は涙ぐんでいるところを皆に見られたくなくて、振り向かずに肩を怒らせて歩いていく。それにしても、どうして湧田がらくだと聞こえたのだろうと思い、権蔵は耳の穴をほじった。

十九

野菜と草鞋を売る菜々の商売は、野菜の味と草鞋の強さの評判が口づてに広がって客が増え、日によって波はあったものの順調な売れ行きを示していた。

菜々はゆっくり考え事をする暇もないほど日々の暮らしに追われ、年の瀬を迎えた。

正助は月に二度ほど、壇浦五兵衛の道場に通い、家にいるときも素振りの稽古をしてたくましくなっていた。

月の旬《じゅん》の日以外は椎上節斎のもとで学問に励み、とよもその傍らで、見様見真似でかな文字が書けるようになった。

大晦日を二日後に控えた日、叔父の秀平と宗太郎が赤村から正月用の餅と野菜や猪の肉を食べきれないほど届けてくれた。

菜々はそれらの食べ物を日頃、世話になっている礼にと、歳暮代わりにお舟と節斎、五兵衛に届けた。

届けた際の三人は、礼の言い方もそれぞれだった。お舟は、

「これで、大八車の貸し賃を安くしてもらおうなんて、とんでもないからね」

と煙管をくわえながら言った。節斎の場合はにこりともせず、

「正月に餅を食するのは一年の五穀豊穣を祈るためだ。ゆえに餅には神が宿る。あだやおろそかな気持ちで食してはならんぞ。そもそも――」

と長い講釈があった。ふたりに比べて五兵衛は餅を見るなり、

「これは、焼いて食うのがうまかろうな。そうじゃ醬油でつけ焼きにいたそう。砂糖があれば、なおよいな。それとも黄粉《きなこ》か」

などと騒ぎ立てて、正月を待てないらしく、すぐさま菜々に火鉢で餅を焼かせた。

菜々はうんざりして、いっそ節斎の講釈を五兵衛に聞かせてやりたいと思ったが、五兵衛はそんな殊勝な心がけはかけらもない様子で、焼き上がった餅をあふあふ言いながらうまそうに口に入れた。その様は初めて会ったおり、茶店であっという間にだんごを二十皿も食べあげた時と同じだった。

これで、よく藩の剣術指南役が務まるものだ、と首をかしげて見ていると、餅

を五個ほども食べ終えた五兵衛は、菜々が淹れた番茶を飲んで、

「しかし、正助は剣の筋がなかなかよいようだ。将来が楽しみだな」

とさりげなく言った。餅の礼にお世辞を口にしたのかもしれないが、正助を褒められればやはり嬉しくなり、菜々は続けて餅を焼いた。


そんな年の暮れが過ぎて正月になった。三箇日が過ぎて明日から商売に出ようと思っていたところへ、菜々たちが住む家を訪れた客がいた。戸口で声をかけてくる武士を見て、菜々は驚いた。

かつて風早家をよく訪れていた桂木仙之助が立っている。仙之助には、市之進を尊敬している様が見受けられたが、市之進が咎めを受けてからは一度も菜々の前に姿を見せたことがなかった。

若侍たちが風早家に集まって談笑していた際、ほかの者が菜々のことを、

「山出しのせいか声が大きすぎる」

「立ち居振る舞いがいささか乱暴だ」

と冗談めかして言ったおりなど、

「明るくてよい娘だ」

とかばってくれていたが、風早家が悲運な目にあった後に何とかしようと動いた様子が見えなかったのは、それほど市之進を敬う心持ちがなかったからだろう、と菜々は思っていた。

仙之助はすまなそうな顔をしてためらいがちに頭を下げた。

「もっと早く来たかったのですが、藩内の監視の目が厳しくて動けず、申し訳ない」

「いえ、そんなこと」

あわてて応対した菜々は、おあがりください、と仙之助に声をかけた。座敷に通してから茶を出すと、仙之助は落ち着かない様子で家の中を見回し、表が新しくなっている畳や塗り直されている壁を見て、

「ずい分ときれいな家で暮らしているのですね。菜々殿はたいしたものだ」

と感心したような口振りで言った。

その言葉を聞いた菜々は、にこりとして、湧田の権蔵が大工や左官、畳職人を連れてきて、急いで修繕してくれたことを思った。

(そういえば、駱駝の親分にお餅を持っていくのを忘れていた)

今日にでも権蔵のところへ挨拶に行かなければ、と菜々が思っていると、仙之

助がおずおずと言い出した。

「風早様のことを聞かれたか」

心がよそへ飛んでいた菜々は、はっとして仙之助に顔を向けた。江戸送りになった市之進の消息は、まったく届いていない。五兵衛が江戸屋敷で詮議が続いているらしいと伝えてくれただけだ。

菜々が頭を横に振ると、仙之助はわずかにうなずいて話し出した。

「風早様に対する江戸でのお取調べは厳しいものだったそうですが、柚木弥左衛門様が強く弁じられて切腹は免れたのです。そのうえで、北国の御親類の藩にお預けとなりました。お預けと申しても態《てい》のいい流罪《るざい》ですから、幽閉の身であることに変わりはありませんが、ともあれ生きておられることを喜ばねばなりますまい」

市之進が北国に流されたと聞いて胸が痛んだ。それでも仙之助の言う通り、命があるだけでもありがたいと思った。

生きてさえいてくだされば、いつか疑いが晴れて戻ってこられるのではないだろうか。その日が来るのを信じて待てばいいのだから。

「旦那様はいつかきっと戻ってこられます」

菜々が力を込めて言うと、仙之助も急いで首を縦に振った。

「わたしもそう信じています。そして一日も早く風早様がお戻りになれるように
わたしたちでできることはないか、と考えているのです」

「旦那様がお戻りになれるように、できることがあるのでしょうか」

菜々は目を輝かせて膝を乗り出した。

仙之助はごくりと唾を飲み込んでから口を開いた。

「実は、江戸での詮議の際、柚木様は風早様が無実である証が必ず出てくる。その前に切腹させては取り返しがつかなくなる、と強くおっしゃられたそうです。それゆえ、切腹を免れたそうですが、柚木様の言われる無実の証とは何かというと、かつて轟平九郎に斬りつけて切腹となった安坂長七郎様が残した日向屋の不正に関わる文書なのです。平九郎の悪事が明らかになれば、風早様の罪は濡れ衣だとわかるはずです」

いきなり父の名を口にされて、菜々は目を瞠った。

市之進から、もし自分が江戸送りになることがあれば、赤村に戻り、お父上が遺した文書がないか調べてくれ、と言われていた。

それで赤村に行き、父の遺品である書物などを持ってきたが、それらしいもの

は見つからなかった。仙之助はじっと菜々を見つめた。

「菜々殿は安坂様の娘だそうですが、まことでしょうか」

「はい、まことです」

うなずきながらも、仙之助は誰から自分の素性を聞いたのだろうと訝しく思った。

佐知が早くから気づいていて市之進に告げたと聞いてはいた。だが、市之進が仙之助に漏らしたとも思えない。

仙之助は菜々の顔をうかがい見つつ話を続けた。

「江戸で風早様をかばわれた柚木様は、菜々殿の身元をご存じでした。いずれ菜々殿にさような文書はないかと、お訊ねになるおつもりではないでしょうか」

柚木弥左衛門なら菜々の身上を市之進から聞いていてもおかしくはない。市之進はもし文書が見つかれば柚木様に届けるようにと言い置いていたのだから、と菜々は思った。しかし、捜しても見つからなかった以上、どうしようもない。

菜々は哀しげに頭を振った。

「赤村に帰って捜してみたのですが、見つけることはできませんでした」

証となる文書がないと聞いて、仙之助は肩を落とした。

「やはりそうですか。見つからなかったのですね」

「その文書がなければ、旦那様は国許にお戻りになれないのでしょうか」

「残念ですが、無実の証はそれしかないように思います」

気落ちした表情をした仙之助は、もし見つかったら自分に知らせてくれるよう言い残して帰っていった。

仙之助を見送ってから、菜々は押入れから葛籠を引っ張り出して、父の遺品をあらためてみたが、やはり和歌の書物があるだけで、文書らしいものは見当たらなかった。

父はどこか他の場所に隠したのだろうか、とも考えたが、どこを捜したらいいのか心当たりはなかった。頭を悩ませているうちに、

(和歌の書物に何か秘密が隠されているのではないだろうか)

と考えついた。

書物には父の字で書き込みがあるようだ。和歌の解釈と思われるけれど、ひょっとしたら書状の隠し場所などが書かれているのかもしれない。

菜々は和歌の手ほどきは亡くなった佐知から短い間、受けただけで、深く解せるほどではなかった。だから書き込みにどのようなことが秘められているかは読

んでもわからないだろう。

（そうだ、死神先生に読んでいただけば、わかるかもしれない）

節斎に見てもらうのがよさそうだ、と菜々は風呂敷に和歌の書物を包み、隣りの節斎の塾へ向かった。

この日、講義初めで正助ととよは節斎の塾へ出かけていた。塾では講義初めの日に汁粉が振る舞われるそうで、ふたりは昨日から楽しみにしていた。菜々が塾に入ると、塾生たちが汁粉の鍋を囲んでにぎやかに食していた。

座の真ん中にいた正助が菜々に目ざとく気づいて、

「先生、菜々が来ました。菜々にもお汁粉をあげてもいいですか」

と節斎に訊いた。だが、節斎は厳しい顔をした。

「この汁粉は、今年も学問に励む者のために作ったものだ。塾生でない者に食させるわけにはいかん」

すると、正助の傍らで汁粉の椀を抱えて口をもぐもぐさせていたとよが、

「わたしはお弟子ではないけど、お汁粉をちょうだいしています。菜々はなぜいただけないのでしょうか」

とちょっぴり口を尖らせた。

それは、そなたが子供であるゆえだ、と節斎がむきになって話すのもかまわず、菜々は塾生たちを押しのけて座り、

「わたしはお汁粉をいただきたくて参ったのではありません」

ときっぱり告げた。なんだ、そうだったのか、とつぶやいた節斎の前に、菜々は風呂敷包みを押しやった。

「先生にこの包みの中にある書物に書き込まれた文を読み解いていただきたいのです」

「なんのためにだ」

節斎が胡散臭げに訊くと、菜々はまわりを見回して口ごもった。

「ここでは申し上げられません」

「正月から面倒なことはご免こうむりたいのだがな」

節斎はうんざりした顔をしながらも、立ち上がって菜々についてくるようながした。書斎に入り、節斎の前に座った菜々は、風呂敷包みを解いて書物を差し出した。

「これはわたしの父が遺したものでございます」

「ほう、和歌集だな。なかなか良い物がそろうておる。そなたの父は素養深きひ

とであったらしいな」

節斎は手に取って、ぱらぱらとめくり、目を通した。菜々はうなずいて話を継いだ。

「旦那様の風早様は、このたび北国にあるご親戚筋の藩にお預けになられたそうです。旦那様の無実の証しとなる文書が、父の遺品の中にあるかもしれないと伝えてくださった方がありまして、捜してみたのですが見つかりませんでした。それで、ひょっとすると、この和歌集の書き込みの中には文書のありかを示しているものがあるかもしれないと思いつきました」

「わしにその書き込みを読んで、文書がどこにあるかを明らかにして欲しいと申すのか」

節斎は他の和歌集も手に取りながら、素っ気なく言った。

「はい、謎を解いていただきたいのです」

菜々が重々しい声で言うと、節斎はあきれたように菜々の顔を見た。

「そなたは主人に忠節をつくしておるが、書物はあまり読まぬようだな」

「亡くなられた奥方様のお勧めで、万葉集を少し読みました」

菜々が決まり悪げに答えると、節斎は容赦のない口調で言った。

「それだけで、他の書物を手に取ってもおらぬのは、見ればわかる」

話が脇道にそれて、思わぬ説教が始まったと菜々は閉口した。いまさらそんなことを言われてもどうにもならない。さっさと書き込みを読んでくれないものかと思いつつ、おとなしく答えた。

「わたしは体を動かして働くのが好きなものですから」

「元気で働き者であるのはよいことだ。それはそれでよしとするが、書物は読んだ方がいい。読書を怠るゆえ、せっかくお父上が遺してくださったものにも気づかぬのだ」

「和歌が読めればわかりましょうか」

節斎が何を説いているのかわからず、菜々は訊き返した。

「書き込みに謎などはない。この書物を開いて眺めるだけで、わかることだ」

節斎は和歌集を開いて、菜々に示した。

「ここをさわってみよ」

言われて菜々が表紙の裏をさわってみると、一枚で薄いはずの紙が厚い。二枚の紙が糊で貼り合わさっているようだ。

「それ、ここもだ」

節斎は別の和歌集の表紙も示した。これも厚みがある。

「書物を開いて一度でもさわったならば、すぐに気がついたはずだ」

苦い顔をしながら節斎は小柄《こづか》を取り出して、貼り合わされた部分を慎重にはがしていった。合わさった二枚の紙の間に一枚の紙が挟まれている。

節斎は他の和歌集も小柄でていねいに次々とはがしていく。やがて十数枚もの文書が出てきた。

それぞれ借用書や念書、さらに手紙などもあり、いずれにも日向屋の名が記されていて、中には轟平九郎の名が書かれているものまであった。

菜々が目を皿にして文書を見つめ、

「これです」

とつぶやくと、節斎は何度も首を縦に振った。

「これによって、風早市之進の無実が明らかになれば、なによりだ。そなたも書物を読む大切さがわかったであろう。それゆえ――」

節斎がなおも説教を続けそうなので、菜々はあわてて礼を言い、急いで書物を風呂敷に包み直して、広間で汁粉を食べている正助ととよに声もかけずに、そそくさと家に戻った。

和歌集を葛籠に戻した菜々は、文書を手にした拍子に考え込んだ。いましがたまで文書が見つかれば、すぐに仙之助に報せなければ、と思っていた。

しかし、家に戻ってみると、何となくそれでいいのだろうかと思い直した。見つかった文書は市之進を助ける役に立つだろうが、それにしくじったら他に手立てがないような気がする。

市之進が切腹に追い込まれなかったのはこの文書の存在のおかげなのだから、誰彼なしに迂闊《うかつ》に渡してしまったら、却って市之進のためにならないのではないだろうか。

(落ち着いて考えなければ——)

市之進の身の上だけでなく、正助やとよの行く末にも関わることだから、決して失敗は許されないと思った。

市之進が咎めを受けた日に、轟平九郎は役人とともに風早屋敷に乗り込んできた。あれは、この文書を見つけようと家捜ししたのかもしれない。

(平九郎は、いまもこの文書を捜しているのではないだろうか)

もし、自分の手にあると知られたなら、と思うと、菜々はぞっとして鳥肌が立った。あの蛇のような平九郎はこの家を壊してでも見つけ出そうとするに違いない。

まず、文書を誰にも気づかれない安全な場所に隠すことだ。それから、仙之助に頼んで江戸の柚木弥左衛門に文書を送ってもらおう。

そのあとのことは、弥左衛門の指示を仰げばいいのではないだろうか。ようやく考えがまとまった菜々は、さて文書をどこに隠したものだろうか、と頭をひねった。

二十

桂木仙之助は、菜々たちが住む家を出た後、重い足取りで城下の武家屋敷が立ち並ぶ道筋をたどっていた。一軒の屋敷の門前に立ち、ため息をついて門をくぐった。

轟平九郎の屋敷だった。仙之助が玄関先で訪いを告げると、間なしに家士が出て来て、馴染んだ様子で仙之助は客間に通された。しばらくして着流し姿の平九郎が出てくると、頭を下げる仙之助の前に座った。

「いかがであった。あの女中はなんぞ隠し持っておる様子であったか」

平九郎が鋭い目をして訊くと仙之助は怯えたように顔を強張らせて答えた。

「いえ、何も持っている気配はございませんでした」

「やはり、そうか。柚木の爺いめ、さもありそうなことを言いおったが、風早を助けるための法螺《ほら》であったのかもしれぬな」

江戸屋敷での市之進に対する詮議は厳しく行われたが、柚木弥左衛門は粘り強く主張を述べた。中でも安坂長七郎の一件にまでふれたおりは、詮議の場に連なっていた平九郎を驚かせた。

十五年前に、長七郎が日向屋と平九郎のつながりを証しだてる文書を握っている、と平九郎は薄々察していた。だからこそ、城中で気を放って長七郎に刀を抜かせ、切腹に追い込んだ。

さらに市之進が長七郎の一件を調べていることに気づいたから、市之進を陥れて、念のため家捜しをしたのだ。

長七郎が残した文書がある、と弥左衛門が言い出した時、平九郎は、

(柚木弥左衛門も証拠の文書があると知っていたのか)

と背筋が寒くなる思いがした。しかし、詮議の場で老臣から、

「では、その文書はどこにあるのだ」

と問われた弥左衛門は、言葉を巧みに濁し、

「いずれ殿にご覧いただくことになろう」

とだけ答えた。新しく藩主になった勝豊は、このころ幕府への届けがようやく終わって正式に襲封《しゅうほう》しており、間もなく国入りする予定だった。そのおりに文書が明らかにされるだろうと弥左衛門は嘯《うそぶ》いた。

弥左衛門としては、市之進を救うためにはったりを言うしかなかったのだろうが、平九郎は見過ごすことはできないと警戒した。

隠居して藩政を勝豊にゆだねた大殿の勝重は、かねてより病を抱え、気力のみでおのれを保っている。罪状が暴かれれば、平九郎をかばいきれないだろう。

長七郎が集めたという文書は、自分の死命を制するものになるかもしれない、と平九郎は感じていた。

「しかし、あの女中が安坂長七郎の娘であったとはな」

平九郎は腕を組んでつぶやいた。柚木弥左衛門は、さすがにあるかどうかも分からない文書の存在をちらつかせるだけでは旗色が悪く、詮議の場で市之進が長

七郎の娘菜々を女中として抱えていることを明かしたのだ。

それを聞いた平九郎は、菜々が文書を隠し持っているに違いないと睨んだ。しかも今回の市之進の一件で自分に恨みを抱いているだろうとも思い至った。

(いずれにしても、あの娘は始末しておいた方がよさそうだ)

そう考えながら、平九郎は仙之助に目を遣った。

「これからも、あの娘から目を離すな。もし何か動きがあれば、ただちにわしに知らせるのだ」

押し付けがましい平九郎の言葉を、うつむいて聞いていた仙之助は勇気を奮って顔をあげた。

「それがしは、もはや十分お役に立ったと存じます。もうお許し願いたい」

平九郎はじろりと仙之助を睨んだ。

「役に立っただと。お主、自分がしたことを忘れたのか。仲間とともにわしを襲ったのだぞ。闇討ちをしくじったうえ、わしに正体を見抜かれて、風早市之進の指図で仕掛けたという口書を取られたのを忘れたか」

「あれは、まだ傷も癒えておらぬそれがしを拷問同様に責め立てて作った口書ではありませんか」

「どうであろうと、その口書によって風早は捕らえられ、流刑となったのだ。いまさら善人面をしようとしても遅いわ」

平九郎がひややかに言い放つ言葉を、仙之助は肩を落として聞いた。

「わたしは、どうしてあのようなことをしてしまったのか」

悲痛なうめき声をあげる仙之助に、平九郎は耳を貸そうとはせず言い捨てた。

「四の五の申さず、これからもわしの指図に従え。それしか貴様の生きる道はないのだ」

頭を垂れた仙之助は肩を小刻みに震わせた。

翌日の昼ごろ、菜々は田所与六の屋敷を訪ねた。

仙之助から市之進の消息は聞いたものの、親戚筋へのお達しがどうであるかを聞いてから正助ととよに伝えようと思ったのだ。

屋敷の門前に立った菜々は、玄関から訪いを告げるなどすれば、田所夫婦のことだから怒り出しかねないと思い、裏手にまわって勝手口から声をかけた。

太って無愛想な女中が出てきたので、奥方様にお目にかかりたいと告げた。たまたま滝が台所でどうやら煮つけの味見をしていたらしく、ひと口食べて、

「まあ、ひどい味だこと。かようなものを旦那様に召し上がっていただく気ですか」

と若い女中を叱責しているのが戸の隙間から見えた。

滝は自ら台所に立つことはほとんどなく、料理はさほど上手くないと佐知から聞いたことがあっただけに、相変わらず口だけ達者でやかましいのだなと思った菜々は、叱られている女中に同情した。

太った女中が耳打ちするなり、勝手口の方を振り向いた滝は、厭わしげに頭を振り、若い女中に何事か言いつけてから菜々に近寄った。

菜々が頭を下げて挨拶する言葉も聞かずに、

「何をしに来たのです」

と甲高い声で訊いた。

「旦那様が北国にあるご親戚筋の御家にお預けの身となられたのは、まことでございましょうか。そのことをお訊ねしたくて参りました」

「何のために訊きたいのです」

滝は傲然《ごうぜん》と胸をそらして問い質した。仕える主人の消息を知ろうとして、何のためだ、と問い返されたことに菜々は驚いたが、さりげなく答えた。

「正助坊っちゃまと、おとよお嬢様にお伝えしなければなりませんから」

「さようなことは不要です」

滝はなおのことふんぞり返って言い放った。あまりにもそっくり返るので、そのまま後ろに倒れてしまうのではないかと思いながら、菜々は言い添えた。

「不要とおっしゃいましても、お父上がどこにいらっしゃるか、お子様方にお伝えしませんと」

言い終わらぬうちに、着流し姿の与六が台所に姿を見せた。

滝に重々しくうなずいた与六は、以前より痩せて貧相になったように見える。

与六は滝の傍らに立ち、

「そなたは、城下で大八車を引いて、野菜売りをしておるそうだが、まことか」

といきなり訊いてきた。

「商いをして暮らしを立てておりますが、それがいかがいたしましたでしょうか」

「即刻、やめい」

与六は苦虫を嚙み潰したような顔で言った。菜々はびっくりした。

なぜ、与六からそのようなことを言われなければならないのか、わからなかった。返事もできずに黙っていると、与六は言葉を続けた。

「市之進の子供たちを女中が野菜売りをして養っていると、城下で評判になっておるのだ。そなたは忠義の女中だなどと噂されて嬉しかろうが、親戚であるわれらは市之進の子を見捨てたように見られて迷惑しておる」

実際に見捨てたではないか、と胸の内でつぶやいて、菜々は憤りを抑えた。

「どのように言われておるかは存じませんが、暮らしのために働くのは恥ずべきことではないと思います。また、そうでもしなければお子様方は暮らしていけぬではございませんか」

「やめぬと申すか」

菜々が首を縦に振ると、与六は小馬鹿にしたように鼻先で笑った。

「年末に、市之進は北国へお預けになったというお達しがあった。つまりは流刑だな。流罪人の子が城下におっては、親戚中の迷惑だ。正助ととよは先の望みがないゆえ、そなたの実家に引き取ればよいではないか」

「何を仰せでしょうか。正助坊っちゃまはおとなになられましたら、文武に秀でた立派なお武家様になられますし、おとよお嬢様も賢く家を守る奥方様におなりになるのです」

菜々が言い募るのを聞いた与六と滝は、顔を見合わせたとたんに大笑いした。

滝は菜々に向かって、

「野菜売りごときに育てられている子が、さような立派な者になれるはずがないではありませんか。愚かな夢を見るのは、いまのうちにあきらめなさい」

と言いのけた。

「野菜売りをやめぬというなら、今後、この屋敷に来ることは許さぬ。二度と顔を見せるな」

与六が吐き捨てるように言って背を向け、台所を出ていくと、滝も菜々をひと睨みしてからそれに続いた。気の毒そうな目で見つめる女中たちに頭を下げて、菜々は勝手口を後にした。

門をくぐり、田所屋敷から遠ざかっていくにつれ、菜々は悔し涙があふれてくるのを抑えきれなかった。なにより、正助ととよの将来がないかのように言われたことが、腹立たしくてならなかった。

(わたしのことはどんな風に言われたってかまわないけど、お子様方を誇る物言《そし》いは許せない)

市之進の親戚である田所夫婦に、女中の身で言い返すわけにはいかないだけに、憤りで体が熱くなった。

巴橋までさしかかった時、このまま家に帰ったら、正助ととよに涙顔を見られて心配をかけると思い、橋の欄干《らんかん》の傍らに立って川面を眺めた。涙がとめどなく流れ出る。不意に、背後から、

「おい、どうした」

男の声がした。涙を袖でぬぐって振り向くと、湧田の権蔵が立っていた。いかつい顔にやさしげな笑みを浮かべている。

「なんでもありません」

菜々は顔をそむけ川面に目を向けた。

「何でもないことはないだろう。ひどく悲しそうにしてるじゃないか」

「悲しいんじゃなくて、怒っているんです」

「何に怒ってるんだ。言ってみろ」

のぞきこむ権蔵の顔が本当に駱駝に似ているな、と思った菜々は、ついおかしくなり、話そうという気になった。

「旦那様のご親戚をお訪ねしたら、野菜売りのわたしなんかに育てられている正助坊っちゃまと、おとよお嬢様は、立派なひとにはなれないって言われたのです。

それがすごく口惜しくって」

菜々がそこまで話した時、権蔵の体がぶるっと震えた。まじまじと見ると、権蔵の顔は赤黒くなり、眉が迫って目がぎらつき、鼻息も荒く歯噛みしている。

「どうしたんですか、親分」

「おふたりのことをそんな風に言った奴がいるって。許せん」

権蔵は絞り出すような声で言った。

「でも旦那様のご親戚ですから」

「親戚だろうが、なんだろうが、そんなことは知ったこっちゃねえ。おれの目は節穴じゃあねえぞ。あのおふたりは、それはそれは立派なお方になられるに決まっているんだ。それをわからねえで、そんなことを言う奴らは罰当たりな野郎だ。おれがいまから乗り込んで、たたきのめしてやる。どこに家があるのか教えてくれ」

橋の上で仁王立ちした権蔵は、わめくように言った。その凄まじい形相を見て、菜々はまた涙が出てきた。

「なんだ、また口惜しくなったのか」

「いいえ、嬉しいんです。坊っちゃまとお嬢様のために、そんなに怒ってくれるひとがいると知って」

「だから、おれがいまから行ってぶんなぐって来てやるから」

「そんなに言ってくださって、ありがとうございます。権蔵さんの顔を見ていたら、気が晴れました」

駱駝に似た権蔵が、真っ赤になって怒った顔はとても恐い。けれども、正助とよを思って恐い顔になったのだ、と菜々は胸の内が温かいもので満たされるのを感じた。

「ありがとうございます」

菜々が深々と頭を下げると、権蔵は戸惑った顔になって目を白黒させた。

この日、菜々は家に戻る前に塾に寄り、節斎に頼み事をした。

「なに、さようなことをわしがしなければならぬ謂れはなかろう」

節斎は難色を示したが、菜々は粘り強く頼んだ。

「人助けでございます。義を見てせざるは勇なきなり、と先生から教わったと正助坊っちゃまがおっしゃっておられました」

「なに、わしの教えをさように覚えておるのか」

節斎は満更でもない、という顔になった。機を逃さずに菜々は、

「学問をしていると、ひとの姿がよく見えてくるのでございますね」

とすかさず言った。

「ほう、書物を読まぬそなたにして、さような見識を得たとはな」

「はい、生きていると楽しいことばかりではありません。辛いことがいっぱいあるのを知っているひとは、悲しんでいるひとの心がわかり、言葉でなく行いで慰めてくれます。昔の偉い方は、そんなことができるひとの見分け方を学問として教えてくれたような気がするのです」

菜々は心の底から思ったことを口にした。

「そうだな。ひとの心を癒すのは言葉をかけることも大事だが、要は心持ちだ。何も言わず、ただ行うだけの者の心は尊いものぞ」

そう言った後で、やむを得ぬ、頼みは引き受けた、と節斎は少し苦々しげに言った。

話を終えた菜々は子供たちを家に連れて帰り、市之進が北国にお預けになったと話した。

「そんな遠いところに父上は行かれたのですか」

とよががっかりすると、正助は気を引き立てるように元気よく言った。

「だけど、北国なら雪がたくさん降ってきれいだ」

とよは目を丸くしてにっこりした。

「雪がたくさん降るのですか」

「家の屋根より高く積もると聞いた」

「そんなに高く？」

とよは天井を見上げた。

「そうだ。とよなんか、雪にすっぽり埋まってしまうぞ」

「それは嫌です」

「だから父上は、とよの代わりに北国の雪をいっぱい見てきてくださるのだ。父上が戻られたら、雪の話をいっぱいしてくださるに違いない」

「だったら、楽しみです」

「菜々と三人で、父上から雪の話をお聞きする日がきっとくるぞ」

正助はにこりと微笑んだ。兄らしく妹を慰める正助の話を聞いていて、菜々は、

「おふたりは、それはそれは立派なお方になられるに決まっているんだ」

と権蔵が言った言葉を思い出した。

（親分の目はやっぱり節穴じゃない。おふたりはきっと立派な方になられる）

それまで自分がお守りするのだ。辛いことがあったからといって、泣いているわけにはいかない、と菜々は思った。

二十一

翌日から菜々は商売に出た。

今朝方、宗太郎が持ってきてくれた牛蒡や人参などの野菜と草鞋を大八車に載せて引いた。いつもの辻に着いた時、向こうから仙之助が重い足取りでうつむき加減に歩いてくるのに気づいた。

大八車を道の端に置いて、

——桂木様
と声をかけた。仙之助は驚いた様子でそば近く寄ってきて、

「なにをしているのですか」

と訊いた。菜々は首をかしげた。仙之助は、菜々が野菜売りをしていることを知っているものとばかり思っていたが、そうではなかったらしい。

「お屋敷を出てからは、野菜を売って暮らしを立てているのです」

「では、菜々殿は働いて風早様のお子様たちをお育てしているのですか」

菜々は決まり悪くなってうつむいた。

「これよりほかにわたしにはできることがないのです。お子様方には外聞の悪いことゆえ申し訳ないのですが」

「そんなことは断じてありません。誰にでもできることではないのですから」

仙之助は呆然としてつぶやくように言った。菜々はそんな仙之助にかまわず、そばに寄って声をひそめた。

「桂木様に申し上げねばならないことがあるのです」

仙之助はぎょっとして菜々の顔を見つめた。

「何でしょうか」

「先日、お訊ねになっておられました、父が遺した文書が見つかりました。桂木様にお預けいたしますから、江戸の柚木弥左衛門様にお送りしていただけませんでしょうか」

菜々は真剣な眼差しで仙之助を見つめて言った。仙之助は、ああ、と苦しげな声をあげて目を閉じた。

「どうなされましたか」

心配になって菜々が訊くと、仙之助は首を何度も横に振った。

「いえ、大丈夫です。しかし、わたしはその文書をお預かりすることはできません」

「どうしてでしょうか」

「わたしには無理だからです」

仙之助は目をそらせた。

「桂木様は、旦那様が一日でも早く戻れるよう、できるだけのことをしたいとおっしゃいました」

「あれは、偽りです」

「まさか、そんな」

「わたしは卑怯にも風早様を裏切りました」

菜々を悲しげに見つめた仙之助は、それだけ言い残して背を向けると歩み去った。菜々は仙之助のさびしげな後ろ姿に声もかけられず、見送るしかなかった。

三日ほど過ぎて、寒気が強まった。

霰《あられ》が降る中を商売に出ていた菜々は、白い息を吐きながら、かじかんだ手で大八車を引いて家に帰ってきた。

節斎の塾にいつものように子供たちを迎えに行き、家に戻ってから手早く夕餉の支度をした。燭台のほのかな灯りを頼りに温かい雑炊をつくり、三人でそろって食べていると、がたりと戸が音を立てた。

気のせいかと思ったが念のため土間に下りて、そっと戸を開けてみると、仙之助が転がり込んできた。

顔が血だらけで、それを見たとよが悲鳴をあげた。土間に倒れた仙之助を、菜々は抱えて起こした。

「どうされたのですか」

「すまない。もうじきここに轟平九郎がやって来ます。急いで逃げてください」

仙之助はあえぎながら言った。

「平九郎がどうしてここに来るのでしょうか」

「菜々殿のお父上が残した文書を奪うためです」

仙之助の言葉に菜々は息を呑んだ。

「文書がここにあると平九郎は知ったのですか」

「そうなのです。すべてわたしが悪いのです」

仙之助は辛そうに答えた。

「なにがあったのです」

思わず、仙之助の肩に手をかけて菜々が訊き返した時、

「邪魔するぞ」

と声がして戸口からもうひとり、男がぬっと入ってきた。菜々はどきりとして振り向いたが、入ってきたのは権蔵だった。

権蔵は菜々の傍で腰をかがめ、

「近ごろ、物騒なことが多いから夜はこのあたりを見て回ってるんだ。そうしたら血だらけのお侍がこの家に入っていって、おとよ様の悲鳴が聞こえたもんだから、何かあったに違いないと思ってな」

と言うと、倒れている仙之助を両手で抱えあげ、土間に続く板の間に横たわらせた。

「傷の手当てをしなければ」

油薬《あぶらぐすり》を取りに行こうとする菜々を、仙之助は手で制した。

「手当てをしていただくなんてとんでもありません。轟平九郎を闇討ちしようとして失敗し、あげくに風早様の指図によるものだと口書を取られたのは、それがしてです。ですから、それがしは自分を風早様を裏切った卑怯者だと言ったのです」

「それはまことですか」

菜々は仙之助の傍らに膝をついた。仙之助は苦しげにうなずいた。

「それ以来、わたしは轟にいいように使われてきました。先日、この家を訪ねてきたのも文書があるかどうかを確かめるためだったのです」

「では、今夜、平九郎がここに来るというのは」

「わたしが道端で菜々さんと話しているのを、轟の配下に見られてしまったのです。しかし、わたしはそれに気づかず、菜々殿と会ったことを轟に報告しませんでした。それで、疑われて拷問を受けたのです。わたしは菜々殿が文書を見つけたことを申しませんでしたが、わたしの素振りから菜々殿が文書を持っていると睨んだ轟は、襲うつもりでいると思います」

「それを報せるためにその体で駆けつけてくださったのですね」

菜々は眉をひそめて仙之助を見つめた。

「気絶した振りをして、見張りの目を逃れたのです。一刻も早く逃げてください」

仙之助があえぎながら告げるが、権蔵は何かの気配を感じたらしく、さっと立ち上がって、

「せっかく教えに来てくれたが、少しばかり遅かったようだ」

と低い声で言った。

「親分――」

緊張した表情で菜々は声をかけた。

権蔵は外の気配に耳を澄ませ、土間に下りて戸口に鋭い目を向けた。土間に転がっていた樫の棒を手にするなり、

――野郎
と叫んで一気に戸を開け、外へ飛び出した。戸口を取り囲むように頭巾をかぶって顔を隠した十人ほどの武士が待ち構えていた。

「貴様ら、押し込み強盗か」

権蔵が大声で叫ぶが、誰も答えず黙ったままだ。権蔵は棒をぐるぐると回し始

めた。その動きにつられたかのように、ひとりが刀を抜き、声も出さずに斬りかかった。権蔵は敏捷な動きで身をひるがえし、すかさず棒で相手の頭を打ちすえた。

うめき声をあげて武士が倒れると、横合いにいた武士が刀を抜き連ね、ふたりがかりで斬りかかった。とっさに権蔵はひとりに棒を投げつけ、もうひとりに体当たりして頭突きを食らわせた。悲鳴をあげ、頭を押さえて倒れた武士の刀を奪い取った権蔵は、腰を落として刀を構えた。

「おのれ」

「許さぬぞ」

権蔵を取り囲み、低い声で威嚇するように言う武士たちの後ろから、

「待て、わしにまかせろ」

と声をかけて、やはり頭巾をかぶった羽織袴姿の武士が悠然と出てきた。

「下郎、なかなかやるではないか。しかし、所詮、やくざ者の喧嘩剣法に過ぎぬゆえ、わしには通用せんぞ」

武士は落ち着き払った物腰で近づいてくる。

権蔵は初めて怯えた目をして武士と向き合った。

家の中で、菜々は息を詰めて外の動きに耳をそばだてていた。権蔵が暴れているなら、物音が続いているはずだが、なぜかしんと静まり返っているのはどうしたことだろうか。

「親分は大丈夫なの」

とよが心配そうに言うと、

「轟が来たのだ」

仙之助はうめくようにつぶやいた。

その言葉が終わらぬうちに、戸口から頭巾で顔を隠した羽織袴姿の武士が入ってきた。腰が据わった歩き方を見ただけで、轟平九郎だとわかった。頭巾から鋭い目をのぞかせた平九郎が、嘲る声で、

「桂木、やはり、ここに急を報せに来ておったか。お主が駆け込んだことで、この女中が文書を持っていると白状したのも同然だぞ」

と嘯いたとたんに、菜々は言い返した。

「さようにひとを陥れる非道をして、恥ずかしいとは思わないのですか」

「わしが恥じるだと。ありえんな」

平九郎はゆっくりと刀を抜いた。

「外には、わしの配下が控えておる。どうあがいても逃げられはせぬぞ。文書を渡しさえすれば命までは取らぬ」

「わたしは、あなたの罠にかかって切腹した安坂長七郎の娘です。あなたの脅しに屈するわけにはいかないのです」

菜々が毅然として応えると、平九郎はくっくっと笑った。

「お前が安坂長七郎の娘だとは知っておる。そろいもそろって融通の利かぬ頑固者の親子だな」

平九郎は、板の間に横たわる仙之助に刀を向け、にやりと笑った。

「あの者はお前の主人を裏切った痴《し》れ者だ。お前も恨んでおろうゆえ、ここで始末をつけてやろうか」

「桂木様はあなたに操られただけです。わたしは恨んでなどいません」

「ならば、あの男の命と文書を引き換えにいたすと言えば、そなたにはできるか。さようなことは、できはすまいな」

平九郎はいたぶるような目で菜々を見つめた。菜々が答えられずに唇を噛むと、平九郎は板の間に土足で上がり、仙之助のそばで刀を振り上げた。

「待ってください」

堪え切れずに叫ぶ菜々に、仙之助は声を高くした。

「いいのです、菜々殿。わたしには構わないでください。ここで死ぬのが、風早様を裏切ったわたしにふさわしいのです」

その言葉を聞いて、菜々は思い切ったように口を開いた。

「米櫃《こめびつ》の中です」

「なんだと――」

喜色を浮かべて振り向く平九郎に菜々はきっぱりと言った。

「文書は米櫃の中にあります」

平九郎は刀を鞘に納めて土間に飛び降り、台所に駆け寄って米櫃の蓋を取った。中をのぞいた平九郎は、一瞬、目を輝かせた。

米櫃の中に手を入れ、油紙の包みを取り出す。油紙を開き、燭台の灯りで中の文書を確かめた平九郎は、

「たしかにこれに間違いない。安坂め、よくもこれほど集めおったな」

うめくように口にした。菜々たちをじろりと見た平九郎は、文書をそのまま油紙ごと燭台の火にかざした。たちまち燃え上がる炎を見た仙之助は、無念そうに、

「なんということを」

とうなった。菜々は動じない目で平九郎がすることを見つめた。

「それで満足しましたか。わたしたちに何もしないのですね」

念を押す菜々の言葉を聞きながら、平九郎は燃え上がった文書を土間に放り投げてすらりと刀を抜いた。

「はて、さような約束をしたであろうかな、わしは物覚えが悪うて、忘れてしもうたようだ。皆、ここで死んでもらおう。その方がわしは安心できるゆえな」

平九郎は菜々に刀を突きつけた。

「やはり、あなたは非道なひとです」

菜々は後ずさりして子供たちを後ろ手でかばった。土間で文書は燃え尽きかけ、あたりに燃えがらが漂っていた。

二十二

平九郎は土足のままじわりと板の間にあがり、菜々に近づいた。白刃が燭台の明かりに不気味に光った。仙之助が身を乗り出して叫んだ。

「文書を焼いたからには、もうわれらに用はないはずだ」

片方の眉を上げて睨み付けた平九郎は、仙之助の顔を足で蹴った。よろけて倒れた仙之助がうめき声をあげると、菜々はそばに寄ってかばった。

「なんというひどいことを」

菜々に見据えられて、平九郎は嘲った。

「何も言わずにおれば見逃してやったものを」

正助も菜々の傍らに立ち、平九郎に向かって、

「これ以上、近寄ると許さないぞ」

と両手を広げて叫んだ。平九郎は鼻先でふん、と笑い、

「うるさい子供だ。その娘とともにあの世へ行きたいのか」

と脅しつけた。菜々は正助を後ろ手にかばい、

「お子様方に手を出すのは許しません。わたしがあなたの相手をします」

と言いながら、板敷の隅に置いていた木刀に目を遣った。どうにかして木刀をを手に取れないものかと頭を働かせていると、とよがつかつかと歩み寄って木刀を取り、

「これがいるのでしょ」

と、菜々に手渡した。その動きを無表情に見つめた平九郎は、目を細くしてますます菜々たちを見くびる様子を見せた。

「そんなものでわしと闘えると思っているのか。この愚か者めが」

木刀を手にした菜々が構えようとした瞬間、平九郎は踏み込んで刀を横に薙《な》いだ。

菜々は息を呑んだ。真ん中で両断された反動で木刀の半分は土間まで飛ばされている。菜々の手には短くなった切れ端が残っているだけだ。

「次はお前の素《そ》っ首《くび》だ」

平九郎が刀を振り上げたとたんに、菜々が斬られると怯えたとよは、泣きなが

ら悲しげな声で叫んだ。

「駱駝の親ぶーん、助けて――」

必死の声が庭にまで届いた。

平九郎に当て身をくらってうつぶせに倒れていた権蔵は、とよの悲鳴を聞いて、かっと目を見開いた。がばっと跳ね起きるなり、まわりにいた武士のひとりに体当たりした。地面に転がった武士を跳び越えて家に向かう。

「待てっ」

ほかの武士が追いすがるや、権蔵は振り向き様になぐりつけ、倒れかかった武士の刀を奪い取った。

「邪魔するな」

権蔵がわめいて刀を振り回すと、武士たちはたじろいで思わず後ずさった。権蔵は武士たちを睨み付けて動けないようにしつつ、刀を振りかざして家に飛び込んだ。平九郎が菜々たちの前に立ちはだかっているのを見た権蔵は、

「おとよ様、お怪我はありませんか」

と声をかけた。とよが涙で濡れた顔でうなずくのを見た権蔵は、刀を構えて呼ばわった。

「野郎、この家から出ていけ。お嬢様方には指一本ふれさせねえ」

平九郎は感情のない目で権蔵を見据えた。

「下郎が、なにをほざいておる。貴様の腕でわしにかなうわけがない」

「やってみなくちゃ、わからねえだろうが」

「やらずともわかる」

平九郎は戸口から武士たちが入ってこようとするのを目にして、

「来るな。こやつなど斬るのに手間はかからぬ。邪魔が入らぬように庭で見張っておれ」

と命じた。武士たちは戸惑った顔をしながらも、少しずつ後ずさった。

「来い――」

平九郎は土間に飛び降りて刀を構えた。権蔵はわめきながら、体当りで突きを入れた。平九郎はゆらりと体をかわして権蔵の腰を蹴った。権蔵は勢いよくつんのめって菜々たちのそばに転がった。

「畜生――」

口惜しがって起き上がろうとした権蔵に、平九郎が袈裟懸けに刀を振るった。ばさりと音がして権蔵の袢纏と着物が斜めに斬られて分厚い胸板に赤い筋がつけられている。

平九郎は返す刀で権蔵の胸に皮一枚の浅手を負わせた。権蔵の胸には、赤い筋がさらにもう一本斜めに入り、しだいに血が太く滲み出した。

とよが悲鳴をあげて菜々に抱きついた。しかし、権蔵は怯える様子も見せず、傷口をさりげなく手でぬぐい、赤く染まった指をぺろりとなめた。

平九郎は権蔵に刀を突きつけた。

「ほう、お前は死ぬのが恐ろしゅうないと見える」

「恐いなんて思っちゃいねえな。おれはお嬢様方を死なせるわけにはいかねえんだ。皆様を守るためだったら、何度でも死んでみせるぜ」

「ならば、死ね」

平九郎が板敷に足をかけようとした時、

「もう、そのあたりで刀をしまった方がよくはないか」

と声がした。平九郎が振り向くと、戸口に節斎が立っている。

「誰だ、貴様は」

「隣で学塾を開いておる者だ。あまりにうるそうて寝られぬゆえ、出てきたのだ」

節斎は恐れを知らぬ顔で土間に入ってきた。平九郎は権蔵に加えて節斎までしゃしゃり出てきたことに苛立った。

「止め立ていたすと、そのままでは捨ておかぬぞ」

「わしは止めはせぬ。そんな力はないでな。だが、代わりに止め役を呼んできたぞ」

「なんだと――」

節斎はにこりとした。

「わしがお主の手下に止められもせずに、ここにおるのを不思議とは思わぬのか」

はっとした平九郎が戸口に目を向けると、ひとりの武士がぬっと入ってきた。

壇浦五兵衛だった。その後ろにお舟もいる。正助が、五兵衛を目にして、

「先生――」

と喜ぶ声をあげた。

「この御仁が、わしの門弟である正助に剣術の稽古をつけておると聞いておったのでな。師匠ならば、かようなおりに助けるであろうと思い、お舟殿に頼んで連れてきてもらったのだ」

節斎が落ち着いた声で話し終えると、五兵衛がのそりと前に出た。

「どうする。頭巾をかぶっておるゆえ、何者であるかはわからぬが、立ち合えば、剣術指南役であるわしは、太刀筋を見ただけで誰なのかすぐにわかる。もっとも、わしを斬り捨てることができれば別だが、そう容易《たやす》くはいかぬぞ」

「外《そと》の者たちはどうした。お前たちをおめおめと通したのか」

平九郎は油断なく身構えて訊いた。

「皆、峰打ちで倒れておる。さほど腕が立つ者はおらんかったな」

五兵衛がさりげなく言うと、平九郎は刀をすっと鞘に納めた。

「わしの目当ては達した。今宵は引きあげよう」

「そうか。それはよい思案というものだ」

にやりと笑う五兵衛の傍らを、平九郎は通り過ぎた。お舟が平九郎の背に向けて、

「庭に倒れている連中を連れていってくれなきゃ、困りますよ。ここの大家はわたしなんだからね」

と甲高い声で告げた。平九郎は返事をしなかったが、倒れてうめいている武士たちに、

「戻るぞ」

と怒鳴った。

平九郎が去るのを見届けた菜々は、急いで権蔵の傷の手当てをした。

「なに、こんなのはかすり傷だ」

権蔵は強がりを言ったが、焼酎を傷口に吹きかけられると顔をしかめて、いてて、とうめいた。とよが心配そうな顔をして、

「痛いの？」

と訊くと、無理して笑顔を作った権蔵は、

「案じてくださるんですか、おとよお嬢様。ありがてえなあ」

と言いながら、顔をくしゃくしゃにして目をうるませた。

五兵衛と節斎やお舟は狭い板敷に車座になり、権蔵と仙之助の手当てがすむのを待っていた。油薬を塗り、晒《さらし》を巻いてやった菜々は、五兵衛たちを振り向き、礼を言った。

「おかげで助かりました。本当にありがとうございます、だんご兵衛さんに死神先生、そしてお骨さんと駱駝の親分――」

目に涙をためた菜々は、五兵衛たちの名を呼び違えていることには今も気づかず、床にこすりつけるように頭を下げた。

五兵衛たちはそんな菜々の姿を見ながら、困ったような表情をして、おたがいに顔を見合わせた。

それぞれ自分だけが妙な呼ばれ方をしたのではないことにほっとした思いもあったが、おかしな名で呼ばれてそのままにしておくのも決まりが悪かった。五兵衛が咳払いして、膝を乗り出した。

「いかがであろう。いましがたの呼び名については、聞かなかったということにしてもよいのではないか」

権蔵が痛みをこらえて大きくうなずき、

「それがようございます。わしは湧田の権蔵と申します」

と言うと、続いて節斎が口を開いた。

「まことによき提案じゃな。わしは椎上節斎と申す儒者じゃ」

お舟も勇んで言った。

「わたしゃ、なんて呼ばれたかなんて覚えちゃいませんよ。この家の大家で質屋をやっております升屋の舟と申します」

五兵衛は満面に笑みを浮かべて、ようやく菜々の言い間違いを正せると意気込んで、

「それがしは藩の剣術指南役、壇浦五兵衛である」

とひと際、声を張り上げて告げた。だが、菜々はそれぞれが正しい名を口にしたのだとわかったのかそうでないのか、はなはだ心もとない様子で、

「ありがとうございました」

と何度も頭を下げる。五兵衛は真面目な顔をして訊いた。

「礼はもうよい。それよりも、奴は目当てを果たしたと言い残したが、あれはどういうことだ」

「轟平九郎は、わたしの父が遺した文書を奪いにきたのです。その文書が平九郎の罪を暴き、旦那様の無実を明らかにするものだからです」

「それを奪われたのか」

五兵衛が目を鋭くすると、菜々は土間を指差した。

「平九郎が、文書を出さねば皆の命を奪うと脅しましたので、米櫃の中にあると教えたところ、あのように焼いてしまいました」

それまで板敷の隅で黙って横になっていた仙之助が、起き上がって肩を震わせ

ながらうめくように言った。

「申し訳ございません。わたしのために、あの大切な文書がなくなってしまいました。なんとお詫びしたらいいのか」

五兵衛は仙之助にちらりと目を遣ってから言葉を継いだ。

「それは困ったな。そなたの主人を救えないではないか」

「いいえ、大丈夫です」

菜々はにこりとして明るい声で答えた。傍らで節斎が身じろぎして口を開いた。

「ひょっとして、焼かれた文書は、わしがそなたに頼まれて書いた写しの方なのか」

「さようでございます」

菜々は嬉しげにうなずいた。お舟が首をかしげて、

「この間、あんたは、質草に入れておくものがあるからって蔵に入ったけど、まさかその文書とかを置いてきたんじゃないだろうね」

と訊いた。菜々は微笑んで答えた。

「そのまさかなんです。蔵にお預けしている茶碗を納めた箱の底に、文書を隠したのです。文書があそこにあるとは誰も思わないでしょうから」

菜々の答えを聞いて、仙之助が心底ほっとした声でつぶやいた。

「そうだったのですか。轟は写しだとも気づかずに燃やして安心したのですね」

「わしが書いた写しだ。本物と間違えるのは当たり前だ」

節斎が嘯くと、お舟も口をはさんだ。

「うちの蔵ならしっかりした造りで扉も頑丈だから、ちょっとやそっとでは泥棒だって寄せ付けやしないよ。まったくうまいところを思いついたもんだ」

権蔵が感心したように菜々を見つめた。

「たいした知恵者だ、お前さんは」

五兵衛は肩を揺らしてくっくっと笑った。

「これは愉快だな」

緊張が解けた様子で話す皆を見回した菜々は、眉をひそめてきっぱりと言った。

「でも、このままですませるわけにはいきません。わたしは父の仇を討たねばなりませんし、旦那様の無実も明らかにしなければなりません」

夜も更けて梟《ふくろう》の鳴き声が遠くから聞こえてきた。

二十三

菜々は、翌日もいつも通り商売に出た。仙之助は親戚の家を頼って怪我の療養をするそうで、平九郎がふたたび襲ってくる気配はなかった。

十日ほど過ぎた日の夕刻近くに、菜々が大八車を引いて高札場《こうさつば》の前を通りかかると、ひとだかりがしている。何があったのだろうと思い、通りかかった職人らしい若い男に訊いた。

「四月にお殿様のお国入りがあるらしいんだが、それに合わせてお城で剣術の御前試合があるそうだ。ご家中の方々のほかに、腕に覚えがあるなら、身分を問わず、百姓、町人も出ていいそうだ」

職人の言葉を聞いた菜々は、あわてて大八車を置き、ひとびとをかき分けて前に進んだ。

高札には、御前試合が大手門近くの馬場で行われ、出場を望む者は町役人を通して願い出るように、と書かれていた。

菜々は呆然としてしばらく高札を見つめていたが、やがてはっと我に返って大八車に駆け戻ると、巴橋近くの五兵衛の屋敷へ向かった。

五兵衛の屋敷に着いた時、ちょうど下城したばかりらしい五兵衛が門をくぐる背中が見えた。

「だんご兵衛さん——」

声をかけると、五兵衛は何気なく振り向いた。登城したはずなのに、顎のあたりが黒ずんで無精髭がちらほら見える。裃もしおたれて、あの日、平九郎から菜々たちを守ってくれたおりの颯爽《さっそう》とした趣はかけらもなかった。

「何か用があるのなら、道場で聞くゆえ、待っておれ」

くたびれた様子で言った五兵衛は、背を向けて屋敷の玄関からあがった。菜々は門の脇に大八車を置き、売れ残りの野菜をかかえて道場にあがった。

五兵衛が頼みごとを聞き入れてくれたら野菜をお礼にしようと思っていた。座って待つほどに、五兵衛が着流しで入ってきた。菜々の傍らに置かれた野菜にちらりと目を走らせて、少しばかり警戒する顔つきになって向かい側に座った。

「どうせ、また頼み事があって参ったのであろう」

「わかりますか」

「これまでもそうであった。そなたがそんな目をしてやってくる時は危ない」

五兵衛は腕を組んで、小難しい顔をした。菜々は膝を乗り出して訊いた。

「この春、お殿様がお国入りをなさる際に御前試合が開かれるそうでございますね。その試合に、お百姓や町人でも出られると高札に書いてありましたが、まことでしょうか」

「ああ、そのようなお達しが江戸表よりあったのはまことだ。いまのお殿様は大層、武術を好まれると聞いておる。その試合の宰領《さいりょう》と審判をわしにせよと仰せつけられたゆえ、頭が痛いのだ」

「どうして五兵衛さんが困るのですか」

「百姓、町人でもよいと言うても、御前試合に出られるほどの腕がある者がめったにおるわけはない。食い詰めた浪人剣客が話を伝え聞いて集まってくるのが関の山だ。剣客と言えば聞こえはいいが、やくざ者の賭場で用心棒をしておるような無頼の徒《やから》もおるであろう。そんな連中が集まってくるのだぞ。もめ事が起きるに決まっておる」

顔をしかめて言う五兵衛に、菜々はにっこり笑って言った。

「そんなひとたちを来させないようにすればいいではありませんか」

「そういうわけにはいかん。すでに高札も立てておるのだ」

「でしたら、事情が変わったということにするのはいかがでしょう」

「事情が変わったことにするだと？」

首をひねって五兵衛は菜々の顔をじっと見つめた。

「何を考えておるのだ」

「わたしは試合に出て平九郎と真剣で闘い、仇を討ちたいのです」

菜々は思い詰めた表情で言った。五兵衛は口をあんぐりと開けた。

「御前試合で仇討ちをするだと？　馬鹿も休み休み言え」

「いいえ、わたしが安坂長七郎の娘だと名のって願い出れば、できないことではないと思います。平九郎だって、わたしを返り討ちにしたいと思うはずです」

「そこだ。もし、御前試合での仇討ちが許されるにしても、そなたが平九郎に歯が立つわけがない。一太刀で斬られてしまうに決まっておる。ほかの場所で立ち合うのなら、助太刀もできようが、わしは御前試合の審判だぞ。そなたが斬られるのを黙って見ておるしかないのだ」

「一太刀で斬られてしまうでしょうか」

「何を言っておる」

「一太刀だけなら、かわせないでしょうか。わたしはそれで十分なのです」

菜々は真剣な目をして言った。五兵衛は両膝に置いた手を握り締めた。

「そなた、なにか企んでおるな」

「いまは申し上げられません。ですが、剣術指南役の五兵衛さんでしたら、わたしを御前試合に出して仇討ちの段取りをつけていただけると思って参りました」

「なぜ、わしがさように大変なことをしなければならぬのだ」

「だんご、です」

「だんごだと？　まさかあの時のだんごか」

五兵衛は目を白黒させてから不安な表情になった。

「茶店で五兵衛さんが食べただんごのお返しがまだ終わってはおりません」

菜々はきっぱりと言うと、傍らの野菜を取って五兵衛の前に置いた。

「だんごのお返しすべてと、この野菜でお願いします」

五兵衛は目の前の野菜を見つめながら、大きくため息をついて、

「稽古だけではすまさぬと申すか。あの時のだんごがこれほど高くつくとはな」

ほとほと困ったという顔をしてつぶやいた。

菜々はこの日、家に帰るとお舟と節斎、権蔵の三人を家に呼んで、仇討ちを考えていることを打ち明けた。御前試合の当日、正助ととよを預かってもらうためもあったが、その後のことを相談したかった。

仇討ちの話を聞いた権蔵は、驚くあまりにぽかんと口を開けた。

「そんな無茶な。あんな奴に、とても勝てやせんだろう」

刀を持って向かい合っただけに、平九郎の凄さが権蔵は骨身に沁みてわかっている。

「でも、やらなくちゃいけないんです」

菜々が答えると、節斎も諭すように言った。

「仇討ちは武家の常ではあるが、女人の身で必ず果たさねばならぬと決まっておるわけではないぞ」

「わかっております。ですが、これはわたしがやらなければならないことなのです」

「そうか……」

それ以上、節斎は言わなかったが、お舟が顔をしかめて、

「そんな危ないこと、やめた方がいいと思うよ」

と珍しくしおしおと言った。

「わたしは、どうしてもやりたいのです」

「正助坊っちゃまや、おとよお嬢さまのために、って言うんだろ」

お舟はあっさりと菜々の本心を言い当てた。とよの名を聞いたとたんに権蔵が真面目な顔になった。

「本当にそうなのか。おふたりのためにやろうっていうのか」

うつむいた菜々に、お舟はかさにかかって言い募った。

「ほら、見てごらん。あんたは、あの子供たちのためだったら、命だって投げ出そうっていうつもりなんだろう。だけどね、あんたが死んじまったら、子供たちを誰が育てるんだい」

菜々は、下を向いたまま答えた。

「危ないことはわかっています。でも、こうでもしなければ正助坊っちゃまや、おとよお嬢様の道が開けないような気がするんです。わたしにできることがあるのだったら、やらなければいけないと思います」

節斎がごほんと咳払いした。

「それだけ思うておるのならやるがよい。しかし、ひとつだけ約束して欲しいのだ。それは、危ないと思ったら、恥ずかしいなどと思わずに逃げることだ。わしもお舟殿や権蔵親分、それに壇浦五兵衛殿も皆、そなたがどのような思いで子供たちを守ってきたか、よく知っておるのだからな」

節斎の言葉に権蔵はうなずいた。

「世間の者がとやかく言っても、わしらはあんたの味方だ。だから無理だと思ったら逃げて戻ってくるんだ。わしらが守ってやるから」

権蔵がきっぱり言うと、節斎とお舟も大きく首を縦に振った。菜々は涙が出そうになって顔をあげられずに、

「ありがとうございます」

と小さな声で応えた。

それからほどない日の夕方、五兵衛が菜々の家を訪ねてきた。ちょうど夕餉の支度ができたところで、菜々は正助ととよに飯をよそっていた。

五兵衛は腹が減っているのか、飯の椀を見てごくりとつばを飲み込み、冴えない顔つきで、

「そなたに頼まれたことを願い出たが、お許しが出るかどうかはわからん。だが、もし、お許しが出るならば、轟の一太刀を避ける稽古をしておかねばならんと思って参ったのだ」

と言った。菜々が急いで食事を終えるのを五兵衛は板敷に腰かけて待った。待つ間に五兵衛の腹が二、三度、ぐうと鳴り、正助ととよが顔を見合わせてくすくすと笑った。五兵衛は決まり悪げに、

「きょうはお城でいろいろ雑用があってな。食事は屋敷に戻ってからとるのだ」

金が無くて食事をしていないのではないぞ、と言わんばかりに言い訳がましくつぶやいた。菜々は手早く大きな握り飯を三個握り、干し魚と味噌汁に漬物を添えて五兵衛に出した。

「稽古する用意をしますので、それまでこれをお召し上がりください」

五兵衛は握り飯を見て、またごくりとのどを鳴らしたが、

「そなたが出してくれた食べ物を食しては、後が恐いからな」

とうかがうように菜々の顔を見た。

「これは稽古をつけていただくお礼ですので安心して召し上がってください」

菜々が言うと、五兵衛はほっとした表情をしたかと思うと、

「そうか、礼ならば遠慮はいらんな」

と言った時には、握り飯に手を伸ばしていた。五兵衛は握り飯を食べては干し魚をかじり、味噌汁をおいしそうに飲んだ。しだいに腹が満たされ、機嫌がよくなって、

「まったく、にぎり飯を食べたゆえ、おにぎり兵衛などと言われてはかなわんからなあ」

とつぶやいてしまった。言った後でしまったと後悔したのは、正助ととよがまたこらえきれないという風に笑い合い、小さな声で、

――おにぎり兵衛
と言ったからだ。その声が耳に入った五兵衛は、自分からやってしもうた、とため息をついた。五兵衛が肩を落としている傍らで菜々は急いで食事の後片づけをすませ、襷がけをして身支度をととのえた。

「お願いいたします」

菜々は丁寧に頭を下げた。傍らに木刀を置いている。五兵衛はじろりと見て、

「木刀ではない。お父上が遺された刀があるであろう。真剣での立ち合いの稽古は、真剣でなければできぬ」

と厳しい声で言った。菜々がはっとして脇差を取りにいき、五兵衛は庭に出た。月がない夜で星明かりがうっすらと庭に注いでいる。

「お待たせいたしました」

脇差を手に、こわばった表情をして出てきた菜々と五兵衛は、すらりと刀を抜いて向き合った。

「まず、真剣に慣れることだ。さもなくば、白刃を目にしただけで気が動転し、自分が何をしたらよいのかもわからなくなる」

刀を向けられた菜々は、あわてて脇差を抜き、鞘を庭石の上に置いた。脇差を正眼に構えて五兵衛と向かい合う。正助ととよは、菜々が真剣を持ち出して五兵衛と対峙したので、目を丸くして縁側からふたりを見守った。

「まずは、かかってこい」

五兵衛にうながされて、菜々は脇差を振りかざして斬りかかろうとした。しかし真剣を持っていると思うだけで、手に力が入らず、足も動かない。

「えいっ」

精一杯の気合を発して踏み込むと、振り下ろした脇差が手の中から抜けて飛んだ。五兵衛はこれを無造作に叩き落とした。一度、斬りつけただけなのに、体が重たく感じるのはどうしてなのだろうと菜々は思った。

「どうだ。真剣を持つだけで日頃の力が出せなくなるのだ。真剣で立ち合って勝負を決めるのは、技ではなく心胆だ。そなたはこれから、心胆を練る稽古をするのだ」

五兵衛は日頃の飄々《ひょうひょう》とした物言いとは違う、厳かな口調で言いながら脇差を拾って菜々に渡した。そしてもう一度、刀を構え、

「もし、御前試合で立ち合うとすると、おそらく平九郎はそなたの斬り込みを軽くあしらい、一撃で仕留めようとするはずだ。女であるそなたに、なまじ傷を負わせれば、立ち合いを止める者が出るであろうからな。一太刀をはずしたいと言っておったが、平九郎の一太刀は一撃必殺のものとなろうゆえ、覚悟いたせ」

と教えた。菜々はうなずいて問うた。

「その太刀をかわすことができるでしょうか」

「これから、その稽古を行う」

五兵衛はゆっくりと刀を大上段に振りかぶった。菜々には五兵衛の体が数倍に膨れ上がったように見えた。

五兵衛が短く気合を発すると、構えた刀が滲んでぼやけたように見えた。はっ

と気がついた時には、菜々の首筋に五兵衛の刀が当てられていた。

刃が菜々の首をひやりとさせる。

「どうだ。わしの動きが見えたか」

「見えませんでした」

菜々は息を詰めて答えた。五兵衛の姿が霞んだと思った一瞬で、すでに首筋に刀があったのだから、全く見えなかった。

「そなたはひとの動きを写し取れるほどに目がよいゆえ、一太刀ぐらいは避けられると思っていただろうが、まことの剣の遣い手の速さはこれぐらいだ。見ようとすれば、斬られる。避けようとするなら、相手を見ずに気を感じて動くしかない」

そう言った五兵衛は、続けて何度も菜々に刀を振るってみせた。上段だけでなく、正眼や下段からも繰り出される太刀筋は千変万化し、しかも菜々の目ではとらえることができなかった。

（どうすれば、気を感じ取ることができるのだろう）

菜々は当惑した。自分は途方もないことをしようとしているのかもしれない。

そんな思いが頭を過った。

二十四

ひと月がたって、二月も下旬になったころ、朝早くいつものように野菜を運んできた宗太郎が、

「菜々に訊きたいことがあるんだ」

と突然言い出した。菜々が驚いて振り向くと、宗太郎は緊張のあまり青ざめた顔をしている。

「お舟さんから、お前が仇討ちをしようとしていると聞いたんだが、本当か」

「まだ、できるかどうかわからない」

菜々は頭を振った。平九郎との立ち合いが決まれば、赤村へ行って秀平と宗太郎に話すつもりだった。

「できるかどうかわからなくても、やろうと思っているなら、なぜ、おれに話さないんだ」

「きっと反対されると思ったから」

「それは反対するに決まっているだろう。だけど、菜々はやろうと思ったら、どんなことがあってもやってしまうじゃないか」

いつの間にか宗太郎の目には涙がたまっている。

「ごめんなさい。決まったら、ちゃんと話すから」

菜々はうつむいて絞り出すような声で言った。宗太郎は菜々の手を取り、目をのぞきこむようにして言った。

「仇討ちをすませたら、赤村に戻ると約束してくれ」

「それは――」

菜々は応えられず、言葉を呑んだ。

「仇討ちは自分のためにやるんじゃないんだろう。あのお子様方や風早様のためじゃないのか。だったら、もうそこまでで十分じゃないか。亡くなられた奥方様への義理も果たせたことになるはずだろう。あとは自分の幸せを考えてくれ」

「宗太郎さん……」

宗太郎に手を取られたまま、うつむいた菜々の目から涙がこぼれ落ちた。それを見た宗太郎はうめくように声を絞り出した。

「菜々は、それほど風早様のことを思っているのか」

宗太郎はゆっくりと手を離した。野菜を下ろして空になった籠に手を伸ばし、肩にかついで背を向けた宗太郎は、さびしげに言った。

「菜々、死ぬなよ。絶対、死んじゃあならんぞ。お前がいなくなったら、おれはどんなに悲しい思いをするかわからんからな」

籠を背に戸口から出ていく宗太郎に何も言うことができず、菜々はせつない思いで黙って見送るしかなかった。


三月に入り、藩主の勝豊が国入りをした。それが伝わった日の夕刻、五兵衛が沈鬱な顔をしてやってきて、ちょうど野菜売りから帰ってきたばかりの菜々に、

「御前試合で轟平九郎と真剣にて立ち合うお許しが出た」

と告げた。五兵衛が家老を通じて菜々の一件を願い出ると、武辺好みの勝豊は、

「それは近頃、感心な話ではないか」

と興味を示した。父の安坂長七郎が、平九郎に操られて刀を抜かされ、城中で刃傷に及んだという菜々の言い分について、勝豊は、

「証拠のないことだ。詮議しても仕方があるまい」

として認めなかったが、

「長七郎の刃傷が、平九郎との諍《いさか》いによるものであるからには、父の遺恨を晴らしたいとの娘の願いももっともだ」

と家老に申し渡した。しかし一方で平九郎にも言い分はあろうから、よう聞いて遣わせ、と言い添えたという。このため、家老が平九郎を呼び寄せて安坂長七郎の娘が御前試合のおりに仇討ちをしたいと申し出ていると伝えた。

平九郎は落ち着いた様子で、

「さて、そのような言いがかりをつけられては迷惑でございます。おそらく、家中でそれがしを憎む者が、さような出まかせを娘に吹き込んだのでございましょう」

と抜け抜けと答えた。家老が、平九郎には立ち合う気がないのだ、と思い、

「では、この一件は安坂の娘を叱りおくということにいたそう」

と話を終えようとすると、平九郎は手を差し伸ばして制した。

「とは申しましても、すでに殿のお耳に達し、半ばお許しが出たも同然でございますゆえ、このまま捨て置くわけにも参りますまい」

「では、どうすると申すのだ」

「さればでございます」

平九郎はにやりと笑って膝を進めた。

「轟はそなたを始末できると考えたのであろうな。そなたの思い立ちはけなげゆえ、立ち合うのに異存はない、と申しおったそうだ」

五兵衛は苦笑いした。

「どうだ。いまからでも遅くはないぞ。無茶なことはやめぬか」

「いいえ、よくよく考えて思い立ったことですから、いまさらやめるわけにはいきません」

「ふた月余り稽古をしてきたが、そなたが平九郎の太刀をかわせるかどうかは、わしにもわからぬ。どれほど稽古しようが、所詮、真剣の立ち合いは時の運だからな」

真面目な表情で五兵衛は諭した。

「わかっております。ですが、わたしはそれに賭けるしかないと思っているのです」

菜々がきっぱりと言うと、五兵衛はため息をついて、

「頑固な奴だ」

と言ったあとに眉根を寄せて言葉を続けた。

「轟は御前試合の場で女子を酷く殺せば体面が悪かろうゆえ、狙ってくるとすれば、ここだろう。抜かるでないぞ」

言いながら、五兵衛はすっと手刀を菜々の首筋にあてた。

軽く首にふれた五兵衛の手が、菜々には本物の刀のように思えて、背筋がぞっとした。近頃は稽古の成果で、少しは刀の動きが見えるようになったと思っていたが、今の五兵衛が手刀を首筋にあてる動きは、やはり霞がかかったようによく見えなかったのだ。

（これでは平九郎の太刀をはずせない）

菜々は唇を噛んだ。

御前試合の日に備えて、菜々は白地の反物を買ってきて立ち合いに臨む際に身につける白装束を縫った。手甲脚絆もあわせて白地で作った。

夜遅くまで縫い物をしている菜々が気になるのか、正助ととよが起き出して目をこすりながらそばに座った。とよが心配そうな声で、

「これは何の着物なの？」

と訊いた。菜々は、ふたりに御前試合に出て平九郎と試合をするとだけ話していたから、

「試合の時に身につけるのです。お殿様の御前に出るのに、見苦しいなりでは恥ずかしいですから」

縫う手を止めずに答えた。縫い上がっていく着物を見て、とよがつぶやいた。

「まるで花嫁さんの着物みたい」

とよの言葉を聞いて菜々はにこりとした。

「花嫁衣裳だといいですね」

子供たちに、死装束になるかもしれないとは、とても言えない。本当に花嫁衣裳だったらどれほど嬉しいかわからないけど、と思っていると、正助が、

「花嫁衣裳なんかじゃない。仇討ちのための装束だ」

頭を横に振りながら言った。誰から聞いたのかわからないが、近頃、しっかりしてきた正助は、さすがに本当のことに気がついているようだ。とよが正助の言葉に涙を浮かべた。

「菜々は危ないことをするの」

気がかりそうに言うとよの肩に、菜々はそっと手を置いた。

「いいえ、そんなことは決してしませんから、心配しなくても大丈夫ですよ。菜々は正助坊っちゃまと、おとよお嬢様をしっかりお育てしなければならないのです。危ないことなんかできません」

「嘘じゃないよね」

とよが念を押すように言うと、菜々は微笑んで答えた。

「はい、嘘ではありませんよ。平九郎と試合をして、えい、やっ、とやっつけて帰ってきます。そのためにだんご兵衛さんに稽古をつけてもらったのですから」

それを聞いて正助がにっこりした。

「そうだよね。あんなに稽古したんだから、先生に教えられた通りにすれば、きっと勝つに決まっている」

「じゃあ、菜々は勝って帰ってくるんだね」

とよは嬉しげに言った。

「そうです。勝って、お殿様からご褒美をいっぱいいただいて帰って参ります」

菜々の言葉にとよは目を輝かせた。

「ご褒美をいっぱいいただけるの」

「すごいなあ」

正助も一緒になって歓声をあげるのを、菜々は微笑みながら静かに眺めた。もし生きて帰れなければ、ふたりはどうなってしまうのだろうと不安が頭を過ったが、弱気になっては勝てないと、慌ててそれを振り払った。

御前試合の日になった。

日差しがうららかな、よく晴れた日だった。

前日、赤村から秀平と宗太郎が試合に付き添うため出てきてくれていた。菜々が白装束の身支度をととのえたころ、節斎とお舟に連れ立って権蔵もやってきた。

「正助坊っちゃまと、おとよお嬢様をよろしくお願いいたします」

菜々が板敷で三人に深々と頭を下げると、節斎は励ますように声をかけた。

「まかせておきなさい。心置きなくやってくることだ」

お舟は目を赤くしながらも懸命に笑顔を作った。

「何も案じることはないからね」

権蔵が大きな膝をぴしゃりと叩いて、

「いっそ、わしが代わりに出たいぐらいだが、そうもいかない。その分、お子様方のことはまかせてくれ」

とくぐもった声で言う。子供たちふたりは大人たちが思い詰めたような顔をして話をしているのを黙って聞いていたが、正助がしっかりした声で、

「菜々、早く帰ってきておくれ」

と言葉をかけると、とよは笑顔でつけ加えた。

「ご褒美をいっぱいいただいてきてね」

菜々はふたりに微笑してうなずきながら答えた。

「わかりました。ご褒美を沢山いただいて帰ってきますから待っていてください」

菜々の言葉に、傍らに座る秀平が顔を曇らせてため息をつき、宗太郎はうつむいて唇を噛みしめた。

刻限が迫り、菜々は土間に下りて戸口から外に出た。

春の日差しを浴び、照り返す木々の緑が目に染みる。振り向いた菜々は、見送る子供たちや節斎、お舟、権蔵の顔を目に焼きつけて踵を返し、歩き出した。

大手門の近くにある馬場は、〈桜の馬場〉とも呼ばれている。周囲に植えられ

た桜が春ともなれば爛漫《らんまん》と咲き誇り、桜吹雪が見事だった。

御前試合は鏑木家の家紋が入った幔幕《まんまく》を張り巡らした桜の馬場で行われる。藩主の御座所《ござしょ》が設えられ、勝豊は床几《しょうぎ》に座って試合を見守る。左右の床几に重臣たちが居並び、その後ろに家臣たちも控える。

御前試合に出る者は幔幕の外に控え、審判の呼び出しに応じて試合に臨む。この日、試合に出る者は藩士十人と近在の郷士や城下に住む浪人ら十人を加え、総勢二十人が相対するという。

菜々は、秀平と宗太郎、町役人に付き添われて控え所に入った。白鉢巻を結んで白装束に白襷をかけ、白い帯を二重に巻いて脇差を差し、草鞋履きのきりりとした出で立ちだ。

裃姿の五兵衛が待ち受けていて、菜々の様子をちらりと見てうなずき、声もかけずに出ていった。

すでに試合は始まっていて、かん、かんと木刀を打ち合う音や、気合を発する声が幔幕の内から響いてくる。

控え所には敗れた者や勝ち残った者がそのまま雑然と座っていた。菜々が入ってくるのを見た武士たちは、一様に驚いた表情をして、

「仇討ちを願い出たのはあの娘か」

「轟殿にかなうはずもあるまいに」

「憐れなことよ」

　などと声をひそめて囁き交わした。騒めく声が高くなって控え所の世話をする役人が、

「各々《おのおの》、私語は慎まれよ」

　と言葉をかけた。しんと静まり返った中、菜々は隅に座って順番を待った。傍らに座った秀平が、

「まさか、こんなことになるとはなあ。わしは姉さんに申し訳が立たん」

　と昨夜、何度も菜々に繰り返し言った言葉をつぶやいた。宗太郎が、

「親父、いまさらそんなことを言ってもしかたないだろう。ここまで来たら、菜々に落ち着いて臨んでもらうしかないんだから」

「そうは言ってもなあ」

　なおも繰り言を言いそうになる秀平を、宗太郎は手で制して、菜々に顔を向けた。

「山犬に出会った時に恐がったら、やられてしまう。だから恐れないで睨み返し

てやるんだ」

宗太郎の励ましの言葉に、菜々は黙ってうなずいた。赤村で過ごした日々を思い出すと、ここで、このようなことをしているのが嘘のように思える。

目を閉じると、佐知の面影が脳裏に浮かんだ。佐知たちを襲おうとしていた狂犬と闘ったことを思い起こす。あの時、菜々の手には傘があるだけだったが、佐知たちを助けなければ、と必死だった。

飛びかかってくる狂犬に向かって傘を突き出した時、菜々は懸命に勇気を振り絞った。

(あの時と同じだ。勇気を出さなくては)

微笑む佐知の顔を思い浮かべる。

正助ととよを守り、市之進の無実の罪を晴らしたら、佐知は喜んでくれるに違いない。そう思うと、胸の中に勇気が湧いてくる気がした。

試合は続いている。木刀で打ち合う音や気合が静かになったと思ったら、額を割られて血だらけになった浪人者が戻ってきて秀平をぎょっとさせた。

「菜々、お前はどうしてこんなことを」

秀平がまた愚痴を言い始めたが、菜々の耳には入らない。しだいに心が静まってきていた。

やがて副審を務めている藩士が控え所に来て、

「安坂長七郎の娘、出《いで》よ」

と声をかけた。菜々は脇差を手にすっと立ち上がった。宗太郎が、

――菜々

とうめくように言うと、菜々は振り向いて笑顔を見せた。

「わたしは大丈夫です」

不思議なほど心が澄み切っていた。

二十五

副審が掲げた幔幕をくぐり、菜々は試合の場に出た。

五兵衛が扇子を手に威儀を正して立っていた。正面に設えられた御座所に藩主勝豊が座っている。勝豊は眉が太く整った顔立ちをしており、恰幅《かっぷく》がよかった。

居並ぶ重臣たちの中に柚木弥左衛門の姿も見えた。市之進を訪ねてきたおりに弥左衛門は菜々の顔を見知っているはずだが、素知らぬ顔で床几に座り、目を向けてはこなかった。

「これへ」

五兵衛が声をかけると、菜々は一礼して試合場の中央に進み出た。すでに白襷をかけ、鉢巻を締めた平九郎が立っていた。

平九郎と向かい合った時、吹き寄せる風に馬場の周囲で咲き誇る桜の花びらが吹雪のように散った。思わず見惚れる菜々に、平九郎が声をかけてきた。

「わしに挑むとは笑止な。命が惜しくないと見える。女だからと情けはかけぬぞ」

菜々は黙って平九郎を見返した。恐くはなかった。菜々が口辺《こうへん》に笑みをわずかに浮かべると平九郎は訝しげな顔をした。

「貴様――」

平九郎がなおも言い募ろうとするのを、五兵衛が遮った。

「もはや立ち合いの刻限である。双方、構えい」

菜々はさっと脇差を抜き、正眼に構えた。平九郎は、悠然と刀を抜いた。すか

さず菜々は、

——勇気
と念じつつ斬り込んだ。平九郎は一瞬、驚いた表情をしたが、菜々の脇差を軽くあしらうように刀で弾き返した。二度、三度と斬りかかる菜々の脇差を、平九郎は無造作に払った。息が荒くなった菜々が動きを止めて正眼に構えると、平九郎は薄く笑って引導を渡すように言った。

「そろそろ決着をつけようか」

菜々は、とっさに目を閉じた。

(刀を見てはいけない。気を感じなければ)

菜々が目をつぶったのを見た平九郎は、すっと横に動いた。足音も立てずに、ゆっくりと脇をまわりこみ、やがて平九郎は菜々の背後にまで移動した。

その動きを目で追いながら、五兵衛は歯嚙みした。剣の腕において菜々と比べるべくもない平九郎が、卑怯にも背後にまわって斬撃を見舞おうとしている。それを目の前にして五兵衛はどうすることもできない。

五兵衛の額から冷や汗が滴り落ちた。

そのころ節斎の塾で正助ととよは手習いをしていた。傍らで権蔵とお舟は所在なげに時が過ぎるのを待っていた。

節斎はこの日、ふたりの手本の字に「心」と書いてみせた。

「ひとにとって、大切なものは様々にあるが、ただひとつをあげよと言うならば心であろう。心なき者は、いかに書を読み、武術を鍛えようとも、おのれの欲望のままに生きるだけだ。心ある者は、書を読むこと少なく、武術に長けずとも、ひとを敬い、救うことができよう」

静かに耳を傾けていた正助は筆を手に取り、「心」と念入りに書いた字を見つめて、ぽつりと言った。

「先生がおっしゃったのは、まるで菜々のことみたいです」

傍らで聞いていたとよも正助を真似て「心」と書き、

「菜々は思いやりがあって、やさしいから好きです」

とつぶやいた。節斎は、ふたりの言葉にうなずいて目を細くした。

「そうだな。そなたたちの菜々はいつも一心不乱だな」

黙って聞いていたお舟は頭を振った。

「先生はそんなことを言いますけどね、いくらやさしい心を持っていたって、刀で斬られたら死んじまいますよ。やっぱり止めればよかったんだ」

「いまさら言うても詮なきことじゃ」

節斎から淡々と言われて、お舟はがくりと肩を落とした。

権蔵が大きく吐息をついて、

「本当にどうすりゃよかったんだ。いまにもあの娘の亡骸《なきがら》がここに運ばれてくるんじゃないかと、気が気じゃない」

涙声で訴えるのを聞いた正助が、やおら立ち上がった。

「斬られるってどういうことですか。菜々は試合に勝って、ご褒美をいっぱいもらって帰ると言ってました」

正助に詰め寄られて、お舟が何も言えずにうつむくと、とよはすっくと立って、縁側に出た。

「とよ、どうしたんだ」

正助が声をかけた。とよは振り向いて、

「菜々は戻ってくるって言ったよね」

と念を押すように言う。

「菜々がそう言ったんだから、きっと戻ってくるよ」

正助が自分に言い聞かせるように言うと、とよは泣き出しそうに声を震わせた。

「菜々が母上のようにいなくなったら、嫌だ」

菜々がいなくなってしまう。正助も同じ不安を抱いて唇を噛んだ。ふたりの様子を見た節斎が穏やかな表情でとよに語りかけた。

「大丈夫だ。あの娘は必ず、そなたたちのもとに帰ってくるぞ」

「本当に？」

とよは、節斎の顔をうかがうように見ていたが、やがて縁側から空を見上げた。春霞のかかる空に鳶が高く舞っている。とよは、母親を呼ぶ時のように大きな声をあげた。

「菜々――」

とよの声は青空に吸い込まれていく。

平九郎の気配がしなくて不安を覚えた菜々は、思わず目を見開いた。アッと思った。目の前に誰もいない。

（どこに消えたんだろう）

うろたえた菜々が全身を緊張させた時、

——菜々
と呼ぶ、とよの声を聞いた。

（おとよ様がわたしを呼んでいる）

正助ととよのもとに戻らなければと思った瞬間、背後からの気を感じ取った。

考える前に体が動いて菜々は敏捷な身ごなしで跳躍した。そのまま宙で体をひねり、振り向きざま、体重をのせて思い切り気に向かって脇差を振り下ろした。

手が痺れるような手応えがあった。

「貴様——」

菜々が地面に降り立つと同時に、平九郎はうめき声をあげた。菜々の鋭い斬撃で刀を地面に叩き落とされていた。それを見て、おおっと周囲からどよめきが起こった。五兵衛が、

「〈燕飛〉だ」

と口にした。菜々に一度だけ見せたことがある形だった。相手の斬り込みを受けながら繰り出す技だ。

平九郎の刀を避けた拍子に、とっさに〈燕飛〉の技が出たらしい。

平九郎があわてて刀を拾う間に、菜々は脇差を構えたまままつつっと後ずさり、

間合いの外に出るなり、脇差を鞘に納めて御座所へと走った。駆けながら懐から文書を取り出し、勝豊の前に跪《ひざまず》いて頭を下げ、文書を掲げた。

「父、安坂長七郎が遺しましたる轟平九郎と日向屋が結託して不正を行った証となる文書でございます。なにとぞご披見《ひけん》くださいませ」

あまりに唐突な直訴に勝豊が驚いて菜々を見つめると、家臣たちが、

「無礼者」

「下がれ、下がれ」

と騒いで菜々を取り押さえようとした。平九郎も、

「おのれ、待て」

と、菜々に駆け寄ろうとしたが、すかさず五兵衛が平九郎の前に立ちふさがり、

「轟殿、抜き身を持ったまま御前に近づくおつもりか」

と言いのけた。平九郎ははっとして、刀を鞘に納める。

「刀を納めたとなれば、もはや立ち合わぬということだな。ならば、これ以上、この場に留まるには及ばぬ。さっさと下がれ」

厳しく決めつける五兵衛を、平九郎は凄まじい形相で睨みつけた。

「貴様、あの娘と謀ったな」

「いや、わしの与り知らぬことだ。だが、あの娘は端《はな》から直訴を狙っておったのだな。どうやら、お主もわしも一杯食わされたというわけだ」

愉快そうに五兵衛は笑った。五兵衛と平九郎がそうして睨み合う間にも、家臣たちが菜々を引っ立てようとする。柚木弥左衛門が大声で、

「待て、待てっ」

と制しながら、菜々のそばに駆け寄った。

「この文書はわしが殿にお見せしよう」

弥左衛門は文書を受け取って、勝豊に大声で言上《ごんじょう》した。

「安坂長七郎の娘は、女中として風早市之進に仕えておりました。これなる文書は、恐らくは風早市之進の無実の証でもございます。主人の危難を救わんがため、この娘は命懸けにて直訴に及んだものと見えまする。その志に免じて、なにとぞご披見願わしゅう存じます」

「風早に仕えておったと申すか」

意外な成り行きに眉をひそめた勝豊は、弥左衛門が差し出した文書を受け取り、開いてしばらく目を通した。読み進むうちに眉間に皺を寄せ、険しい表情になっていった。

「なるほど、これは確かな証になるであろう」

勝豊はじろりと平九郎を見据えてから、菜々に目を遣った。しばし考えた後、五兵衛に顔を向けた勝豊は、

「本日の立ち合いはこれまでといたす。この文書を詮議いたす間、娘はそなたに預けおくぞ。轟平九郎は沙汰があるまで謹慎いたせ」

言い置くなり立ち上がり、御座所を後にした。勝豊に従って去りながら、弥左衛門は菜々に顔を向けてにこりとして、

「でかしたぞ。市之進もさぞかし喜ぼう」

と声をかけた。家臣たちも立ち去ると、菜々は緊張の糸が切れたように地面に膝をついた。菜々の背に憎悪の目を向けた平九郎が、

「おのれ、よくも仕組みおったな」

と怒鳴りつけて、刀の柄に手をかけ、駆け寄ろうとした。

瞬間、五兵衛が風のように動いた。平九郎の腕をつかむや腰を入れて投げ飛ばした。地響きを立てて倒れた平九郎の腕をねじり上げ、膝で背中を押さえつける。

平九郎は五兵衛の手から逃れようと必死にもがいたが、盤石の重みでのしかかられ、はねのけることができない。

五兵衛は平九郎の腕を油断なくつかんだまま口を開いた。

「この娘は殿からわしがお預かりした。娘に今後、指一本でもふれようとするなら、このだんご兵衛——」

なぜか、菜々から呼ばれ慣れた名が、するりと口から出てしまった。いや違う、と五兵衛は顔を真っ赤にして言い直した。

「この壇浦五兵衛が相手になるぞ。貴様の太刀の動きは娘が見て取った。わしは貴様の技の裏が取れる。そのことを忘れるな」

平九郎を押さえつけたまま決めつけたが、さすがにだんご兵衛と言ってしまってからは、迫力を欠いた。

（なんということだ）

五兵衛は痛恨の言い間違いに臍《ほぞ》をかんだ。

菜々は五兵衛の屋敷にお預けの身となり、正助ととよが待つ家には帰れなかった。

節斎やお舟は権蔵と話し合って代わる代わる正助ととよを世話することにした。

とりあえず、お舟は菜々が当座必要な品を五兵衛の屋敷に届けて、

「子供たちは自分たちがしっかり見るからね」

と言って菜々を安心させた。

菜々が差し出した文書の詮議はひと月ほどかかった。平九郎は評定の間に何度も呼びだされて糾問された。言《げん》を左右に否定していた平九郎は、証となる文書を突きつけられると言葉を詰まらせた。

「見苦しいぞ。観念いたせ」

と柚木弥左衛門が迫ると、さすがの平九郎も、がくりとうなだれた。その報せを受けた勝豊は、

「轟平九郎の永年の悪行、見過ごせぬ」

として平九郎を追放、日向屋を追放の上闕所《けっしょ》とする沙汰を下した。江戸に住まう大殿の勝重は日向屋から賄賂《まいない》を受けていたことを明らかにされ、気力を失ったのだろう、急に病が重くなり、病床に臥したまま枕が上がらなくなったという。

さらに勝豊は市之進について、

「わしの不明で苦労をかけた。報いねばなるまい」

ともらしたという。

五兵衛は刻々と明かされる処分の内容を菜々に告げながら、

「轟平九郎が追放とは軽い処分に過ぎるが、何分、いまとなっては安坂殿が轟に操られて刃傷におよんだと証しだてるものとてないゆえな」

と無念そうに言った。ところが、菜々は落ち着いた表情で頭を振った。

「もう十分です。父がなそうとしたことをいくらかでも果たせただけで、わたしは満ち足りた思いがしています」

「それでよいのか。殿のお許しを得てわしが助太刀すれば、轟を討ち取ることはできるのだぞ」

「いいえ、亡くなられた奥方様が、女子は命を守るのが役目だとおっしゃっておられました。ですから、わたしはひとの死を見たくありません」

菜々は迷いなく言い切った。

「そうか。それが、そなたらしい仇討ちなのかもしれぬな」

五兵衛はしみじみとした口調で言い、うなずいた。

菜々の慮《おもんぱか》りにも拘わらず、平九郎は追放の沙汰が下りた三日後に、自らの屋敷で割腹して果てた。遺書などはなかった。

その報せを聞いた菜々は、しばらく瞑目したのみで何も言わなかった。

二十六

ほどなく家に戻ることを許すとの上意を伝える使者が五兵衛の屋敷に来た。そのおり、菜々は、近々市之進が赦免され、夏には帰国できるであろうと告げられた。

待ち焦がれていた報せをようやく聞くことができて、菜々は正助ととよのことを思い、ほっとするとともに涙があふれてくるのを止められなかった。

菜々が戻ってくるという報せとともに節斎が正助ととよに市之進が帰国することを話した。二人は歓声をあげて喜んだ。

菜々が家に戻った日、日頃吝嗇《りんしょく》なお舟が、

「お祝いをしなくちゃね」

と言い出し、その夜は五兵衛も呼んでのにぎやかな宴となった。

五月に入ったある日、かつて家僕だった甚兵衛が訪れて、風早家に対して元の屋敷に戻ってよいとの通達が藩庁から親戚にもあったらしいと伝えてくれた。

「それならば、すぐにも前のお屋敷に戻れるのですね」

菜々が喜んで訊くと、甚兵衛は笑顔でうなずいた。

「お殿様は、風早の旦那様に咎はなく、不正を糾そうとした忠臣だとおわかりくださり、大層、お気に召したそうだ」

「そうですとも、旦那様はご立派な方ですから」

「これで、昔通りになる。お子様方をお守りした甲斐があったというものだ。お前さんは実によくやったな」

甚兵衛がしみじみ言うと、菜々は胸に温かいものが込み上げてきた。

(旦那様が帰ってこられて、皆でお屋敷に戻ることができたら、正助坊っちゃまとおとよお嬢様に道が開かれる)

恐くはあったけれど、思い切って御前試合で平九郎と立ち合ったことは無駄ではなかった。一生懸命にやってきたことは報われるのだ、と思った。

翌日、さっそく菜々は正助ととよを連れて屋敷へ向かった。屋敷が見えるあたりまで来た時、菜々はほっと胸をなでおろした。

追われるように屋敷を出たおりは門に物々しい竹が筋交いに組まれていたが、それも取り払われて、すっかり元通りになっている。

懐かしい風早屋敷の門前に立った菜々の脳裏に佐知の顔が浮かんだ。

この屋敷に初めて奉公にあがったおり、やさしく接してくれた佐知を、菜々は姉とも思って慕った。市之進の志の高さに憧れを抱いて深く敬い、主人夫婦に教え導かれて少しずつひととしての生き方を学んだ。

きっと屋敷に戻ってこられると信じてはいたけれど、こうして門前に立ってみると佐知が亡くなった悲しみが新たに湧いてくる。

(あのおやさしい奥方様さえいらしてくだされば、本当に昔通りに戻れるのだけれど)

どんなに願っても佐知に会うことはかなわない。それにこんな風に嘆いていては佐知の教えが無になってしまう、と菜々は自分を励ました。

思い返せば、佐知や子供たちを守ろうと夢中で狂犬と闘いもした。佐知が亡くなった時には涙が枯れ果てるほど泣きはしたが、それでもしっかりしなければと思ったのは、正助ととよがいたからだった。ふたりの面倒を見るうちに、心からいとおしいと感じるようになっていた。

正助ととよを守り、市之進が戻ってくる日を迎えられてよかったと思いながら、菜々は門をくぐった。玄関に近づいた時、菜々は立ち止まって、

「どうして、あの方たちが――」

と息を呑んだ。玄関先に田所与六と滝が立ち、待ち構えていた。ふたりは薄気味悪く、満面の笑みを浮かべている。

嫌な予感がして菜々が近づくのをためらっていると、正助が、

「蜘蛛を探してこようか」

と耳もとでささやいた。以前、二度ほど滝に蜘蛛でいたずらして、鬱憤を晴らしたのを思い出したらしい。

「正助坊っちゃまは、もうそんなことをしてはいけません」

正助をたしなめてから、玄関へ向かいかけた菜々に、与六が、

「市之進が帰国するまで屋敷を預かるよう藩庁からわしに御達しがあってな」

とにこやかに声をかけてきた。かつて、菜々が訪ねていったおり、

「流罪人の子が城下にいては、親戚中の迷惑だ。正助ととよは先の望みがないゆえ、お前が世話をしろ」

などとひどいことを言った与六が手のひらを返すような物言いをする。菜々が

黙って頭を下げると、滝は子供たちに、

「ささ、早くお上がりなさい。きょう、あなた方が見えられるだろうと思って御馳走をたんと用意して待っていましたよ」

と猫なで声で言った。正助ととよは戸惑った表情をして菜々の顔をうかがい見た。菜々が微笑んでうなずくと、すぐさま滝は子供たちを手で囲い込むようにして、玄関の内に連れていき、奥へ向かった。

続いて玄関に入ろうとする菜々の前に与六が立ちふさがり、

「待て、待て。そなたには、ちと話がある」

と押し止めた。

「何のお話でございましょうか」

怪訝な顔をする菜々に、与六はいましがたまで浮かべていた笑みを消して話し出した。

「この屋敷をわしが預かることとなり、女中をふたり雇った。三人もいらぬゆえ、お前は村へ戻ってよいぞ」

押し付けがましい物言いに驚いた菜々が、

「わたしは旦那様からお子様方をお預かりしました。旦那様からお暇を頂戴するまで、お子様方から離れるわけにはいきません」

　と抗弁すると、与六は苦々しげな顔になった。

「少しばかり子供たちを預かったくらいで、手柄顔をして生意気なことを申すでない。実はな、市之進には殿のお声がかりで、ご家老様のお嬢様との縁談が進んでおるのだ」

「旦那様は奥方様をお迎えになられるのでございますか」

　言いながら菜々は胸が苦しくなった。

　市之進は咎めを受ける前に佐知が言い遺した言葉を伝えてくれた。佐知は自分がいなくなった後、菜々を後添えにしてはどうかと言ったという。そのあと市之進は、

「菜々が応じてくれるのなら、わたしはそなたを妻に迎えたいと思っている」

　と真剣な表情で申し出てくれたのをはっきり覚えているが、女中の身で後添えになるなどとんでもないと思っていた。

　市之進が新たに妻を迎える際は、自分は出ていかなければならないのではないかと感じていた。そうは思っていたものの、市之進が遠国《おんごく》に流された後、子供たちの世話をしながら暮らしを立ててきたとの自負はある。

勇気を奮って御前試合で平九郎と闘い、市之進の無実の証ともなる文書をお殿様に差し出すこともできた。ひょっとして市之進とともに生きる道が開けるかもしれないと願う心持ちが胸に兆していた。

市之進の妻となって正助ととよの母親になることがかなうなら、どれほど幸せだろうかと心ひそかに願った日もある。だが、そんな菜々の思いは与六の言葉によって打ち砕かれた。

「殿のお声がかりでご家老様のお嬢様を妻に迎えれば、先々、家老に出世できるというものだ。市之進には願ってもない栄達の道が開けたわけで、城下で野菜売りなんぞをしていたそなたがそばにおっては、世間からあらぬ疑いをかけられ、せっかくの良縁がつぶれてしまうかもしれんのだ」

したり顔で与六は言った。

「わたしがお仕えしていては旦那様のご出世の妨げになると言われますか」

菜々は哀しげにつぶやいた。すかさず与六は大きく首を縦に振り、冷たい目で菜々を見据えて、言葉を継いだ。

「決まっておろう。市之進が戻ったおりに、そなたがいては障りがあるゆえ、こうしてわしの口から言って聞かせておるのがわからぬか」

「お暇をいただくのでしたら、わたしは旦那様からおうかがいしたいと思います」

菜々は必死に食い下がるが、与六はすげなく一喝した。

「つけあがるな。市之進はやさしい男ゆえ、そなたを憐れに思い、屋敷に置こうとするであろう。しかし、それは許されぬことだ」

「なぜでございましょうか」

菜々は与六の顔を見返した。

「そなたが城下で野菜売りをしていた姿は誰もが見知っておる。まさかとは思うが、道端で商いをしていた女が武家の妻女になれるなどと、途方もない夢を見ていたのではあるまいな。武家の生まれであるならば、なおさらわかるであろう」

「それは――」

あとの言葉を呑んで菜々は唇を嚙んだ。

城下の辻に立って野菜を売る間、武家だけでなく町人や百姓ら様々なひとに頭を下げ、野菜を購ってくれた礼を言った。

正助ととよを抱えて生き抜くためにはなり振りかまわずやるしかなかったが、体面を重んじる武家には認められないことかもしれない。やはり、自分が市之進の妻になるなど願ってはならないことだったのだろうか。

菜々は頭を振って訴えるように言った。

「大切な方々を守って生きていくために、わたしはどんなことでもします。それを恥ずかしいとは思いません」

与六は鼻先で、ふんと笑った。

「誰も、恥じろなどとは言っておらんぞ。女中ならば主人に仕えて働くのは当たり前だ。ただし、それは女中としてであって、妻女としてではないのだ。もし市之進がそなたを気の毒に思い、妻に迎えでもしたら出世の道が閉ざされるどころか、物売りの女を妻にしたと家中の物笑いになるだけだ」

もう話は打ち切りだという顔をして、与六は懐に手を入れてごそごそ探ってから薄い紙包みを取り出した。

「そなたもいささか働いたゆえ、給金をはずんでやる。三両包んでおいたから、これを持って村に帰れ。子供たちには、そなたが急な用ができたので村に戻ったと話しておく。くれぐれもふたりに会おうなど考えてはならぬぞ」

紙包みを菜々の手に押し付けた与六は、背を向けて玄関の中に入っていった。

菜々はしばらく呆然としていたが、やがて紙包みを式台にそっと置き、踵を返して屋敷をあとにした。

子供たちに別れを告げたかったが、そうすればなおのこと悲しさが増すばかりだと思い、我慢した。

菜々は肩を落としてとぼとぼと家への道をたどった。

二十七

「なんだって、それでおめおめ引き下がって帰ってきたっていうのかい」

お舟が大きな声をあげた。

家に戻った菜々はたまたま大八車の賃料を取りに来たお舟に、風早屋敷を訪ねたら市之進の叔父夫婦がいて女中をやめさせられたと話した。

「あんたは、お子様たちを守ったうえに、ご主人の無実を明かすという大手柄を命懸けで立てたんだよ。それなのになぜ追い出されなきゃいけないんだい」

お舟は憤りを露わにして言い募った。

「でも、考えてみたら仕方ないのかもしれないと思ったんです。正助坊っちゃまとおとよお嬢様がおとなになられて、幼いころに野菜売りを手伝っていたなどと言われたらおかわいそうですから」

菜々は諦めたように元気のない声で言った。お舟はため息まじりに、

「どうしてこんなことになるんだろうね」

とつぶやきながら、ふと思いついたように、

「それじゃあいっそのこと、あんたの従兄の宗太郎とかいうひとのところに嫁に行ったらどうだい」

と言い添えた。

「宗太郎さんにですか？」

「あんたを訪ねて来た時によろしく頼みますって、わたしにも挨拶して帰ったよ。なかなかよさそうなひとじゃないか。あんたを好きなんだってぴんときたね。奉公をやめるんだったら、あのひとのところへ嫁ぐのがいいと思うよ」

お舟は熱心に勧めるが、菜々は首を横に振った。

「それはできません」

「どうしてだい」

「宗太郎さんはわたしを嫁にしたいと言ってくれたのですけど、わたしは旦那様にずっとお仕えしようと思ってましたから断ったんです。女中をやめさせられたからといって、いまさら宗太郎さんに嫁にもらって欲しいなんて言うわけにはいきません」

「そんなに意地を張ることはないじゃないか」

あきれたようにお舟は菜々をまじまじと見つめた。

「意地じゃないんです。宗太郎さんはとてもいいひとですから、ふさわしいお嫁さんがきっと来てくださるでしょう。わたしが行くところがないからといって、宗太郎さんのところへ行くのはよくありません」

そう言って菜々は唇を噛みしめた。お舟は眉をひそめて訊いた。

「じゃあ、いったいこれからどうするんだい」

「お客さんも待っていてくれますし、いままで通り野菜を売ろうと思います。それがわたしに似つかわしい生き方だという気がします」

菜々は精一杯明るく答えた。

翌日の朝になって、お舟から話を伝え聞いた節斎と権蔵が菜々を訪ねてきた。

節斎は、

「さような理不尽はあってはならぬ。忠義が報いられないとあっては、この世は闇ではないか」

慨嘆してから、菜々に、

「かような時は怒ってもよいのだぞ。怒りなさい」

奨励する口振りで言い足した。困り果てた菜々が、

「でも、もういいんです。終わったことですから」

と応じると、節斎は大きくため息をついた。

「生きておる限り、この世に終わったと言えることなどないのだぞ」

節斎の傍らで黙って話を聞いていた権蔵が、もう我慢がならないという風に腕をさすって、

「おれがいまからそいつらをなぐりに行ってやるから、家を教えてくれ」

と言い出した。

それにも菜々は微笑んで頭を振るだけで何も言わなかった。

二、三日たって、五兵衛がお舟から話を聞いたとやってきた。

「こんなおかしな話は聞いたことがないぞ。わしから殿に申し上げてみようか」

五兵衛は憤然とした様子で頭に血を上らせた。

「何を申し上げるのでしょうか」

「決まっておろう。風早殿はそなたを妻に迎えるべきだ、と言上するのだ」

「そんな大それたことをわたしは望んでおりません」

すぐに打ち消したものの、菜々は五兵衛の鋭さに驚いた。

(だんご兵衛さんは、いつごろわたしの気持ちに気がついていたのだろう)

五兵衛にまで気づかれるなんて、と菜々は顔を赤くした。五兵衛はあきれたと言わんばかりに、

「そなたが風早殿のことを話すおり、いつも嬉しそうに目を輝かせておった。あの目を見れば、わしのような朴念仁《ぼくねんじん》でもそなたの心の有り様はわかる」

と告げた。菜々はそっとうつむいてつぶやくように言った。

「やはり、そんなことを望んではいけないと思います」

「なぜだ」

「旦那様のご出世の妨げになります」

「風早殿はさように考えるおひとではないと聞いておるぞ」

五兵衛は菜々の顔をのぞき込むようにして言い聞かせた。

「それはよくわかっていますが、旦那様はご立派な方ですから、御家のためにどれほどお役に立つかわかりません。わたしの気持ちより、旦那様が世の中のお役に立たれる方が大事です」

「自分の事などどうなってもいいなどと思ってはいかん」

なおも五兵衛が諭しても、菜々は哀しげにうつむいたまま何も答えなかった。

「自分を大切に思わぬ者は、ひとも大切にできはせぬ。まずは精一杯、自分を大切にすることだ。どんなに苦しかろうと、いま手にしている自分の幸せを決して手放してはいかん。幸せは得難いもので、いったん手放してしまうと、なかなか取り戻せないのだぞ」

五兵衛は真剣な声で言うが、菜々は顔をあげられなかった。

「強情者め」

弱り切った五兵衛は、うめいて自分の膝を叩いた。

庭先から梅雨間近の湿り気を帯びた風が吹いて新緑の木々を揺らした。

梅雨が明けて容赦なく厳しい日が照り付ける中を、菜々は汗水流しつつ大八車を引いて野菜を売り歩く暮らしを続けていた。

宗太郎は以前と変わらず、赤村から野菜を届けてくれている。女中をやめさせられたと菜々が言っても、うんうんとうなずいただけで、

「世の中、そんなもんだ」

とさらりと受け流した。少し気が楽になった菜々が、

「そんなものなのかしら」

と答えると、宗太郎はあっさり言った。

「そりゃそうだ。正直者が馬鹿を見るようにできている」

そのような受け答えをした後も、宗太郎は秀平が近頃、腰が悪いと嘆いている話や村の噂話をしただけで、風早家について何も言わなかった。

宗太郎の物腰にさらにやさしさが加わり、届けてくれる野菜もよいものを選んでくれて、菜々への気遣いが深くなっているのが感じられた。

宗太郎の心遣いが菜々の胸に沁みた。

ある日の昼過ぎ、野菜売りから帰った菜々は庭に茂っている草を取ろうと思い立った。腰を下ろして黙々と草取りをしているうちに、ふと青い花が咲いているのに気づいた。

「螢草だ――」

菜々は、ひっそりと開く可憐な花に見入った。

——その花が好きなのね

佐知の声がした。

はっとして、菜々は立ち上がった。あたりを見回す。

誰もいない。

確かに、いましがた佐知の声が聞こえた。そばに佐知がいてくれた気配があったし、温もりも感じた。

螢草を見ていると、佐知との大切な思い出が次から次へと思い起こされる。女中奉公に来たころ、佐知は庭で露草を見つめていた菜々にやさしく声をかけて、露草は螢草とも言うと教えてくれた。

なんてきれいな名だろう、と心に残っていた。あの時、佐知は、

「螢はひと夏だけ輝いて生を終えます。だからこそ、けなげで美しいのでしょうが、ひとも同じかもしれませんね」

と感慨深そうな面持ちで口にした。それからしばらくたったころ、

月草の仮なる命にある人をいかに知りてか後も逢はむと言ふ

という和歌も教えてくれた。市之進が江戸送りで発った日、別れを告げるためにこの和歌を詠じた。

（あの時はいつかまた、きっとお会いできると信じていた）

市之進はすでに帰国しているだろうに、菜々のもとには何の音沙汰もない。

藩主の命に逆らうわけにはいかず、市之進は家老の娘を妻にすることにしたのだろう。その方が市之進のためになるのだから、と菜々は何度も自分に言い聞かせた。やはり市之進との縁は儚いものだった。

そう思い切ろうとしたが、もう二度と市之進に会えないのだと思うと、悲しみで胸が締め付けられる思いがする。あふれてきた涙をぬぐいかけた時、

——菜々、大丈夫よ

また、佐知の声が聞こえた。まるで話しかけてくるかのように風にそよぐ螢草を見つめていると、せつなくなった。

「奥方様——」

佐知の面影が切々と胸に迫り、菜々は空に向かって涙声で呼びかけた。

翌朝、菜々はいつものように野菜売りに出た。朝から日差しが強く、空にもくもくと入道雲が盛り上がっている。

いつも野菜を売っている辻を目指して汗だくになっていると、不意に大八車の動きが軽くなった。

その手応えに覚えがある。野菜を売りに行こうと力いっぱい引いていたある時、急に大八車がこのように軽く動き出したことがあった。

急いで振り向くと正助ととよが、以前と同じようにふたりで大八車を後ろから懸命に押していた。

「坊っちゃま、お嬢様、何をなさっているのですか。そんなことをしてはいけません」

菜々は叱る口調で言いながらも涙が滲んできていた。

「どうして、いけないの。節斎先生は野菜売りを手伝いなさいっておっしゃってたじゃないか」

笑いかけながら正助が口答えした。

「旦那様はすでにお戻りになられたことでしょうし、立派なお武家のご子息様がこんなことをなさってはいけないのです」

菜々がどう言おうが、正助は知らんぷりをして違う話をする。

「菜々が急にいなくなったから、とよと捜しにいこうとしたんだけど、与六がなかなか外へ出してくれなくて」

与六と呼び捨てにする正助を真似て、とよも、

「本当に与六には困りました」

とおしゃまな言い方をする。菜々はあきれてたしなめた。

「大叔父様のことを呼び捨てにするなんて、とんでもないことですよ」

菜々がいなくなってから、ふたりはさぞかし与六と滝をてこずらせただろうと想像がついて、菜々は思わず笑い声をあげた。

正助ととよは勝手気ままに暴れ回り、きっと蜘蛛を滝に投げつけるなどして悪戯もし放題だったのではないだろうか。ふたりに翻弄されて、与六と滝は散々な目にあったに違いない。

「だって、菜々に会いに行こうとするのを、邪魔するんだもの」

口を尖らす正助を、とよが、ちょっぴり睨み、諭すような口振りで言った。

「兄上、菜々のことは、きょうから違う呼び方をしなければいけません。父上がそうおっしゃったではありませんか」

正助は頭に手をやって、

「しまった。さっそく間違えてしまった」

と照れ笑いした。菜々はふたりが何を言っているのか、さっぱり意味がわからなかった。正助ととよは顔を見合わせてから、声をそろえて口にした。

「母上――」

菜々は耳を疑った。

いま、ふたりは母上と呼んだように聞こえた。本当に、そう呼んでくれたのだろうか。狐につままれたようにぼんやりしている菜々に正助はにっこり微笑んだ。

「菜々はきょうから、わたしたちの母上なんだよ」

とよもとびっきりの笑顔で、

「父上がそうおっしゃいました」

と付け加えた。信じられない思いでいっぱいになった菜々は、夢を見ているのではないかという気がした。

何も言えず戸惑い顔で突っ立っている菜々の後ろを指差して、ふたりは口々に言った。

「父上だ」

「母上を迎えにこられたのです」

ふたりに言われて振り向いた菜々の目に、市之進の姿が映った。

市之進はやさしい微笑を浮かべて、ゆっくりと近づいてくる。

帰国してから様々に片付けることが多かったと思われるのに、市之進は周囲の反対を押し切って自分を迎えにきてくれた。

「旦那様――」

あとの言葉が続かずに菜々は胸がいっぱいになった。どんなに苦しいことがあっても、自分の幸せを、決して手放してはいけない、と五兵衛が言い聞かせてくれた言葉が心に沁みていた。五兵衛は、

「幸せは、得難いものなのだ」

とも言った。そう言ってくれた言葉の意味が、いまならよくわかる。

幸せはやってきた時につかまなければ逃げてしまう。だから、市之進とともに歩んで幸せになろう、と菜々は思った。

涙がとめどなくあふれて、市之進の姿がはっきりと見えない。だが、しっかり前を向いて菜々は大八車を力強く引いた。

解説

細谷正充（文芸評論家）

葉室麟のファンは幸いである。作品のどれもが面白いのに加えて、著書の刊行ペースが非常に早いのだから。二〇〇五年に「乾山晩愁」で第二十九回歴史文学賞を受賞し、二〇〇七年に『銀漢の賦』で第十四回松本清張賞を受賞して本格的な作家活動に入った作者は、以後、順調に歴史・時代小説を発表。そして二〇一二年、羽根《うね》藩物の第一作となる『蜩ノ記』で第百四十六回直木賞を受賞すると、怒濤の勢いで作品を執筆しているのである。二〇一五年現在、すでに著書が四十冊を超えていると記すだけで、その勢いが分かろうというものだ。まさに質量共に充実した作家なのである。

これだけの存在であるだけに、各社から引っ張りだこであり、著書を刊行している出版社も多彩である。その中に当然、双葉社もあるのだが、この出版社から出ている葉室作品には、共通した特徴がある。他の歴史・時代小説に比べると、明らかにエンターテインメント色が強いのだ。もう少し、詳しく説明しよう。

現在、双葉社の葉室作品は、『川あかり』『螢草』『峠しぐれ』の三冊である。『螢草』については後で触れるとして、残りの二冊を簡単に紹介しよう。『川あかり』は、川止めに遭い宿に長逗留する人々の事情を綴りながら、刺客に選ばれた藩一番の臆病者の顛末が綴られる。『峠しぐれ』は国境《くにざかい》にある峠の茶屋を営む訳あり夫婦が、さまざまな騒動にかかわりながら、毅然とした生き方を貫く姿を描いたものだ。二冊とも架空の人物を主人公にして、豊かな物語性と、温かく爽やかな読み味が楽しめるようになっていた。これから葉室作品を読もうと思っている人は、双葉社の本を入門書にすればいいと薦めたくなるほどの、時代エンターテインメントなのである。もちろん、本書もそうだ。

本書『螢草』は、「小説推理」二〇一一年十一月号から翌一二年七月号にかけて連載され、同年十二月に単行本が刊行された。主人公は、菜々という十六歳の少女だ。もともとは鏑木藩の藩士の家に生まれたが、彼女が三歳のときに父親が城中で刃傷沙汰を起こして切腹。以後、赤村の庄屋を務める母親の実家で暮らしていた。しかし祖父と母が相次いで死に代替わりすると、居心地が悪くなる。従兄の宗太郎との縁談話に気が乗らないこともあり、出自を隠して奉公に出ることにしたのだ。かくして鏑木藩の上士・風早市之進の家で女中働きを始めた菜々。将来を嘱望される市之進に、優しい妻の佐知。四歳の正助と三歳のとよ。通いの家僕の甚兵衛。おっちょこちょいなところのある菜々だが、それを咎められることもなく、穏やかな日々を過ごしていた。赤村に野菜を取りにいった帰りに、壇浦五兵衛という行き倒れの浪人を助けたところ、彼が藩の剣術指南役になったりするくらいが、大きなエピソードである。

しかし平穏な日常は、しだいに崩れていく。ある日、藩の改革派のリーダーと目されている市之進のもとを、かつて菜々の父親を死に追いやった轟平九郎が訪れる。不安を覚えた菜々だが、予感は的中。以後、風早家は次々と不幸に襲われる。さらに轟平九郎の暗躍により、市之進が失脚。江戸に送られ、屋敷も取り上げられてしまったのだ。風早家の親戚も頼りにならず、行き場を失った正助ととよの面倒を見ることを決意した菜々。顔馴染みの質屋の女主のお舟からボロ屋を借り、宗太郎の持ってきてくれる野菜を売って、生活を支える。さまざまな想いを抱えながら、悲運の風早家に尽くす菜々だが、今回の騒動と父親の一件が錯綜し、やがて藩内の抗争に深くかかわっていくことになるのだった。

本書の魅力は、そのままヒロインの魅力と直結している。父親の不審な死という過去を背負いながら、風早家に奉公する菜々。素直で芯の強い彼女は、風早家を始めとする、周囲の人々との触れ合いを通じて、健気な気性を静かに開花させていく。佐知のいう「女子は命を守るのが役目であり、喜びなのです」。あるいは五兵衛のいう「大切なものを守るため、邪念を捨てて強くなるのが、剣の修行だと心得よ」。こういった謦咳《けいがい》に接して成長する菜々は、風早家の危急存亡の刻に、一心不乱の働きをするのだ。

そんな菜々の純粋な心が、周囲の人々を動かす。藩の剣術指南役になった柳生新陰流の達人の壇浦五兵衛。佐知の薬代のために出入りしたのが縁で、なにかと面倒を見てもらうことになる質屋の女主人のお舟。ボロ屋の隣人で、儒学者の椎上節斎。野菜売りの場所代のことで揉めたことから、仲良くなった湧田の権蔵。菜々の言動に心打たれ、あれこれと協力する彼らの姿も、気持ちのいい読みどころになっているのだ。

特に、轟平九郎がボロ屋に乗り込んできたとき、菜々たちを助けるために五兵衛たちが次々と現れる場面は痛快だ。主人公がピンチになったとき、味方が駆けつけるのは、エンターテインメントの王道。それをきっちりやっているのだから、面白くならないはずがないのである。

さらにその後、御前試合での菜々と平九郎の対決へと繋がっていくのだが、勝負の行方は読んでのお楽しみ。痛快なラストへ連れていってくれる、作者の手練に酔いしれていただきたい。

また、なぜか菜々は、自分の味方になってくれる人の名前を間違えてしまう。これが一服の清涼剤となって、随所で笑いを呼ぶのだ。なかでも出会いのときに、だんごを大食いしたことから〝だんご兵衛〟と呼ばれる壇浦五兵衛は、一世一代の見せ場で自爆することになる。こうした愉快なアクセントが、物語の読み味をさらに豊かなものにしているのだ。

ところで本書のタイトルの『螢草』だが、これは露草の俳諧での呼び方だ。風早家の庭で螢草を見つけた菜々は、後に螢草を使った『万葉集』の歌を、佐知から教わる。儚げな風情の螢草を菜々は佐知のようだと思うが、佐知は菜々のようだと思っていた。しかも、『万葉集』の歌が、重要な場面で、効果的な使われ方をしている。作者がタイトルに込めた意味は、あらためていうまでもあるまい。これけなげな美しさを持つ螢草は、菜々そのものであり、本書の内容を知れば、これ以外のタイトルは無いと断言したくなるのである。

そして『万葉集』の歌が使われていたせいか、本書を読んでいたとき、ふいに思い出した歌があった。与謝野晶子の『みだれ髪』に収録されている、

清水へ祇園をよぎる桜月夜こよひ逢う人みなうつくしき

である。優しさに満ちた風早家の家族。それを守ろうと、一所懸命に尽す菜々。菜々の生き方を見守り、いざというときは手を差し伸べる人々……。もちろん本書には悪役がいる。軽蔑すべき人間もいる。だが、振り返って思い出せる人は〝みなうつくしき〟なのだ。そこに本書の素晴らしさがある。

いや、本書だけではない。これはすべての葉室作品にいえることだろう。美しき心映えを胸に、毅然として生きる人々が、どの作品にも登場しているではないか。だから葉室作品を、読まずにはいられない。美しき人々に逢うために、今宵も本を開くのである。

なお、「小説推理」二〇一五年十一月号より、作者の新作『あおなり道場始末』の連載が始まった。亡くなった父親の跡を継いだ頼りない道場主の〝あおな

り先生〟と、彼の優秀な妹弟を主人公にした、時代エンターテインメントだ。まだ第一回しか読んでいないが、早くも面白くて堪らない。双葉社印の葉室作品には、いつだってワクワクさせられてしまうのである。

本作品は二〇一二年一二月、小社より単行本として刊行されました。

双葉文庫

は-25-02

螢草《ほたるぐさ》

2015年11月15日　第１刷発行
2020年３月４日　第28刷発行

【著者】
葉室麟《はむろりん》

【発行者】
箕浦克史
【発行所】
株式会社双葉社
〒162-8540 東京都新宿区東五軒町3番28号
［電話］03-5261-4818(営業)　03-5261-4840(編集)
www.futabasha.co.jp
（双葉社の書籍・コミックが買えます）
【印刷所】
大日本印刷株式会社
【製本所】
大日本印刷株式会社
【CTP】
株式会社ビーワークス

【表紙・扉絵】南伸坊
【フォーマット・デザイン】日下潤一
【フォーマットデジタル印字】恒和プロセス

ISBN978-4-575-66747-9 C0193
Printed in Japan